El viento de las horas

Seix Barral Biblioteca Breve

Ángeles Mastretta
El viento de las horas

Diseño de portada: Alejandra Ruiz Esparza
Fotografía de portada: Archivo fotográfico de la autora
Fotografía de la autora: © Blanca Charolet

© 2015, Ángeles Mastretta
Casanovas & Lynch Agencia Literaria S.L.
info@casanovaslynch.com

Derechos mundiales exclusivos en castellano

© 2015, Editorial Planeta Mexicana, S.A. de C.V.
Bajo el sello editorial SEIX BARRAL M.R.
Avenida Presidente Masarik núm. 111, Piso 2
Colonia Polanco V Sección
Deleg. Miguel Hidalgo
C.P. 11560, México, D.F.
www.planetadelibros.com.mx

Primera edición: octubre de 2015
ISBN: 978-607-07-3175-4

Impreso en los talleres de Litográfica Ingramex, S.A. de C.V.
Centeno núm. 162-1, colonia Granjas Esmeralda, México, D.F.
Impreso y hecho en México - *Printed and made in Mexico*

Para ustedes, que cantan y sobreviven.

Para Cati con Dani.
Para Mateo con Greta.
Para Rosario. Y para Héctor.

Si sobrevives, si persistes, canta,
sueña, emborráchate.
Es el tiempo del frío: ama,
apresúrate. El viento de las horas
barre las calles, los caminos.
Los árboles esperan: tú no esperes
éste es el tiempo de vivir, el único.

Jaime Sabines

1

No sé si alguna vez olvidaré hasta el recuerdo de quién fui en la infancia. Dicen que los viejos siempre recuerdan mejor el pasado remoto. Hasta que la vida se les va haciendo pequeña y llegan a olvidar su nombre, antes de que la nada los nombre a ellos.

Yo hace tiempo empecé a desconocer los compromisos que hice un día, para cuando llegaran los otros. Ahora ya olvido lo que me contaron antier y me devasta la velocidad con que se empaña el orden de las cosas que mi hermana me cuenta como quien desprende las semillas de una granada.

Juro que la oigo cautiva, prometiéndome que no he de perder, entre los vericuetos de mi cerebro, ninguna de las historias de amor y desamor, de compra y venta, de traición y tormento, que va contándome mientras andamos por los puentes de la nueva ciudad rumbo a la ciudad vieja, en donde aún están la catedral y los portales, igual que siguen estando entre mis libros, los que suceden en el primer y único territorio mítico que poseo.

Vamos luego desde ahí hasta su casa frente a los volcanes y aun cuando intentan distraerme los camiones con fruta, el desorden vial, la gente que atraviesa arriesgando la vida por esa carretera que se ha vuelto un camino de obstáculos, la sigo oyendo, curiosa, con la avidez de un muerto de hambre en un banquete. Hasta que me enreda en el sahumerio de sus palabras. Valoro tanto los cuentos de su lengua porque me conmueven más que los míos. No porque éstos sean poco intensos —vivo en un mundo cruzado por personas con fábulas como torbellinos—, sino porque atado a los nombres de los que habla mi hermana está el recuerdo de la estampa infantil y adolescente de quienes se han ido haciendo adultos o viejos sin que yo vuelva a verlos. Tan lejos se oyen que están más cerca, porque parece fácil alcanzar sus gestos en la diáfana memoria de hace cincuenta años.

Siempre hay alguien, aquí y en otras partes, con una vida a la mano, diciéndome que debería escribirla. Pero lo verdadero es lo ilusorio, no lo visible.

Hay varias novelas en una sola tarde de preguntas breves y respuestas largas enlazándose en el ir y venir del pasado al presente, sueltas de pronto como una serpentina.

¿Qué ha pasado en la calle donde crecimos?

¿Qué en el terreno en donde estuvo la casa que fue nuestro colegio? ¿Cuándo es el cumpleaños setenta de un novio que perdí antes de tenerlo? ¿De qué enfermedad se alivió quién? ¿Cómo lleva la viudez una amiga y desde cuándo debió divorciarse otra? ¿Los hijos de quién se hicieron millonarios vendiendo los terrenos que se robó su abuelo? ¿Qué hombre metió a la cárcel a su sobrino y qué matrimonio ha demandado a su propio hijo? ¿Quién vive en la casa llena de pájaros que fue de una mujer serena, a la que se llevó la muerte, al rato de cumplir cien años y calentar la última taza de leche para su yerno?

Cuántas cosas me atañen por ese mundo.

En el rancho que fue de mi amiga Elena, de sus papás, sus hermanos y sus antepasados, había un panteón al que daba la ventana del cuarto en que dormíamos los días de vacaciones. Lo recuerdo como si lo estuviera viendo. ¿Qué será de él y de la capilla sombría a la que entrábamos cuando niñas para detenernos frente a las losas de mármol, con nombres remotos, tras las cuales dormían los restos de personas que murieron a mediados del siglo XIX? Eso no lo sabe mi hermana, no lo sabe ni Elena, la niña de facciones suaves sentada en el pupitre que estaba tras el mío cuando la mandaron por primera vez al colegio, a cursar el tercero de primaria. Hasta entonces, porque a leer, a escribir y a hacer cuentas le enseñó una maestra para ella sola: aún quedaba en el aire atesorado por su padre la idea de que las niñas debían vivir más tiempo en un capelo.

Al colegio llegó con sus dos trenzas y sus ojos de ciervo buscando lo que había más allá. Y las dos nos encontramos, al tiempo en que encontrábamos a la señorita Belén.

Ahora resulta que mi profesora en tercero de primaria sólo me llevaba diecisiete años. Así que tiene la misma edad de mi amiga Mercedes y está tan lúcida y tan conversadora como ella. Me encantaba mi seño Belén. Era una mujer inteligente y alegre: ojos negros, pies pequeños, que contagiaba las ganas de enseñar. Apenas estaba yo aprendiendo cosas y ya quería dedicarme a explicarlas. Todo lo contrario de lo que hoy me sucede.

En tercero cambiábamos el lápiz por la pluma fuente y era toda una proeza conseguir una letra correcta con semejante artilugio. Ella nos enseñó eso y no sé qué otras hazañas de hombres y santos célebres.

Ahora mis antiguas compañeras se reunieron con la seño Belén, a quien no sé cómo encontraron. Y dice mi hermana que las hizo reír y sorprenderse con la destreza de su mente.

Al contrario de otras niñas, a mí las maestras me parecían un buen sueño. Cuál no sería mi gusto por la apasionada señorita Belén, que un día del maestro quise llevarle un regalo a su casa. Según recuerda mi imaginación, vivía en el centro, en un segundo piso, en una casa sobria y sin niños. Me asombró aquel silencio encantado. Le llevamos una caja de pañuelos.

Y nos sentamos a platicar. Ahora que lo pienso, yo era una niña rara. Colocada entre dos mujeres adultas, mirándolas como si quisiera adivinar sus secretos. Para mí el de Belén era la gramática, el de Ángeles Guzmán lo supe mucho después, cuando ella quiso estudiar antropología en la Universidad Autónoma de Puebla. Su facultad quedaba en el restaurado edificio Arronte, una casa construida en 1634, con fachada de cantera, ladrillos y azulejos, con dos patios altos y unos corredores con arcos de medio punto. Al final del siglo XIX y al principio del XX la casa fue hotel. Ahí pasaba la noche mi abuela con sus hermanas y su padre cuando venían desde Teziutlán, en la sierra de Puebla, hasta el colegio del Sagrado Corazón en la Ciudad de México. Y por esas escaleras subimos los hijos de mi madre a oírla relatar la tesis con que se graduó. «Yo lo que quiero es saber», le puso como título. De eso me acuerdo bien, de la tarde con sol en que la celebramos, hace como veinte años. No digo más para no ceder a la tentación de los viejos, que empiezan a contar lo mismo muchas veces. Todavía no me da esa edad, así que no voy a buscarla neceando con repetir el aire de esa jornada.

2

Más constante que el ángel de la guarda, mi casa de la infancia aún viene conmigo a todas partes. No he vuelto a verla sino por fuera, desde el día en que la dejamos tras una jornada sobre la cual mi hermano Carlos filmó un corto al que llamó *La partida de la nostalgia*. Él y los demás se divirtieron haciéndolo. Yo aparecí un segundo y luego me escondí a llorar toda la mañana. Tenía veintidós años, nadie estaba destetando a una criatura sin habla. Era sólo que me quedé muda un tiempo y que no volví a cantar como hasta entonces. Ni a escribir.

Quizás sirvió la desventura. Hay en todo lo que toco un dejo de nostalgia que matiza la euforia a la que soy propensa. Y los matices siempre le dan textura a la tela en que tramamos las emociones. Pero no estaba yo en mí sino en mi casa, y no en mi casa sino en la que cada quien guarda como un artilugio en su memoria. Hablo de la mía, sabiendo que cada cual evocará la suya.

En realidad, mi casa era una calle y mi calle, los domingos, llegaba hasta una cabaña frente a un lago.

Nuestra casa era rentada, pero mi mamá la vestía y la pintaba como si hubiera pagado hasta el último de los ladrillos. Nunca se habló de llamar a la dueña si algo se descomponía, ni si una pared necesitaba resanarse. Todo arreglo venía de la pasión con que mi madre cuidaba los muros que nos cuidaban. No imagino mejor arrendataria. Por eso nunca pensamos que la casa podía no ser nuestra. Vivimos ahí veinte años.

Tenía cuatro recámaras, en permanente ebullición. Dos hijas en un cuarto, tres hijos en dos, y un costurero que al tiempo era estudio. O al revés. En la semana mi mamá ponía ahí la tejedora y la ropa recién zurcida, el domingo mi papá abría la caja de su máquina para escribir, sacaba el pequeño artefacto que imagino cargó desde Italia y lo ponía sobre el escritorio como quien mira en su cofre un anillo de compromiso.

Sentado en la misma silla que usaba la costurera los miércoles, yo ahora mismo, y mi mamá muchas tardes, él escribía una columna sobre automóviles que firmaba como don Temístocles Salvatierra, un supuesto telegrafista viejo cuya amistad con alguien llamado el Mísero Vendecoches lo llevaba a contar el modo en que lo veía vivir y lidiar con la venta de autos pequeños de la que sacaba para la renta, la comida y el buen pasar de su familia. Don Temístocles era un viejo sabio y compasivo, el Vendecoches llevaba la vida con humor y melancolía. El recuento de sus conversaciones lo escribía mi padre como si redactara un telegrama. Tenía muchos lectores, le pagaban cien pesos. Ningún quehacer disfrutó más que ése. Era muy conversador, pero nada parrandero, nada desvelado, gran fumador. ¿Cómo no iba a morirse a los cincuenta y ocho?, digo como decimos tantas veces. Eso sí: le gustaba su casa. Le tenía terror al cambio. Suponemos que la guerra, en la que todo era distinto cada día, en la que un techo podía desaparecer de golpe, una iglesia volverse polvo, una pared con cuadros volar en pedazos, lo dejó receloso. Como si cualquier movimiento de las cosas pudiera traer el ruido que harían al desplomarse. En cambio a su mujer, que hubiera querido viajar, descubrir, ver mundos diferentes, le divertía ir cambiando los cuadros y los muebles como quien palía con ese juego sus ganas de volar. Ahora mismo la recuerdo detenida en la sala, mirando el orden de unas repisas con la concentración de quien observa por un telescopio. «Ya las vas a cambiar», decía mi padre. Y en efecto, las repisas subían la escalera y terminaban en un cuarto de arriba. En su lugar bajaba un librero, o un sillón y dos cuadros. Había una pared en el vestíbulo sobre la que reinaba el óleo de un pastor con sus ovejas, bajo el cual estaba el mueble del tocadiscos. Un día eso ya no le gustó a mi madre y cuando cambió el tapiz de unas sillas se llevó el cuadro al comedor. Pero no movió el espejo. ¿Qué habrá sido del espejo? ¿Y de una lámpara de cristal con forma de pera?

Hace poco, mi hermana encontró los muebles del comedor en casa de una prima. Lo había hecho el célebre ebanista Erasmo y era de marquetería, pero ella lo vendió para suplirlo con uno de pino tosco cuando —así lo decía— «nos cambió el gusto». Se deshizo de lo que parecía europeo y se mudó al colonial mexicano. Pero eso fue después. Ahora hablo de la casa en la Quince Sur.

Había que entrar subiendo una escalerita que daba a la calle y junto a la que crecía un colorín. La puerta era de fierro con cristales detrás. De lejos recuerdo unos sillones azules que fueron cambiando con los tiempos. Lo que estuvo ahí siempre fue un sillón individual, redondito, al que todavía uno entra como a un vientre acogedor. Ahora lo tapizaron para que saliera en la película de Catalina y quedó como nuevo. *Las horas contigo* se llama la peli, y ahí pueden verse algunas de las cosas que un día estuvieron en la Quince.

Hubo también un biombo de tres hojas que tirábamos a cada rato. Estaba entre el comedor y la entrada a la cocina. Siempre había algún hermano corriendo cerca. No sé cómo sobrevivió porque todavía lo recuerdo en el departamento de México. Nuestras camas tenían unas cabeceras que mi mamá copió de una revista y que nunca han dejado de ser actuales. Modas van y vienen, pero las cabeceras se ven intactas. En la rifa, tras el naufragio que traen siempre las pérdidas, le tocaron a mi hermana, lo mismo que un tocador que yo había sacado del sótano de mi abuela cuando cumplí doce años. Ahora veo uno idéntico en el palacio de las hermanas Crawley dentro de la abadía de Downton, y sólo entiendo que mi abuela lo haya movido de su habitación, cambiándolo por unos muebles de líneas duras —propios de los años cincuenta—, porque deseaba que los tiempos no la dejaran atrás. *Lo fugitivo permanece* es el título de una antología de cuentos y es como hay que nombrar al cuento de antología que cabe en ese mueble rescatado porque era hermoso como no fueron los roperos cuadrados que lo suplirían.

Los abuelos vivieron siempre a una calle de nosotros, y la tía Alicia, con sus hijos, a una ventana, y la tía Maicha con los suyos, a dos calles, y mi amiga Elena a calle y media y el colegio estaba a cinco, y el parque quedaba frente al colegio. Tres esquinas más allá la iglesia de Santiago y el hospital del Sagrado Corazón, a veinte metros de ahí la panadería Lili, en la esquina de junto a la carnicería, y en la contraesquina El Gato Negro, una pulquería en la que perdía el juicio parte del barrio pobre, presidido por el nevero, que a las seis de la tarde terminaba su jornada y dejaba en la puerta su carro de madera verde aventado hasta la medianoche. El mundo en siete calles. ¿Cómo cabían ahí tantas cosas y cómo caben en mí? En el centro de todas, La Estrella, una miscelánea que estaba casi tan cerca de mi casa como está hoy mi cocina de la puerta que se abre hacia la calle. En diez pasos llegábamos a pedir un vaso de chiles en vinagre por veinte centavos, un hielito hecho con agua de refresco por lo que llamábamos una Josefita, la moneda de cinco centavos con la que también podía uno comprar dos chicles, o tres caramelos de anís.

Don Silviano se llamaba el hombre de cejas gruesas que atendía el mostrador. Y al nombrarlo recuerdo a don Policarpo, el dueño de la tlapalería, un lugar al borde del abismo, que nunca vimos. Ahí se vendían cuetes, chinampinas, fulminantes, clavos, tachuelas y lijas. En la entrada había un tambo lleno de petróleo dejando al aire gozar su olor y sus riesgos. Nunca oí a nadie considerar peligroso, mucho menos prohibitivo, tener el combustible junto a la pólvora que cualquiera compraba en cuanto había algo que celebrar. Quién sabe cuántas bombas Molotov cabían en ese cuarto, ni cómo es que no estalló cualquier día; lo que he sabido después es que arriba le habían dado abrigo a un pintor excepcional de nombre José Márquez Figueroa que heredaría a esa familia los últimos cuadros que pintó. Yo tengo un Márquez. Cae la lluvia sobre un costado de la catedral. Es un tesoro. También ahí está mi casa. Toda, como el cuadro, dentro de mí cuando la quiero ver. Idéntica a sí misma como ya no será nunca. Como todavía es, cuando quiero mirarla.

3

En el jardín hay un pájaro hurgando el pasto en pos de una gallina ciega. El perro lo mira con ganas de comérselo. Contra la enredadera pega el último sol del día.

Esto encuentro al volver de la ciudad en que nací.

Esto que invoca al patio de la infancia.

Estuve con mis hermanos. Dizque íbamos a arreglar unas diferencias. La verdad es que no eran tales. Heredamos la palabra y crecimos compartiendo la misma luz. Con eso se arregla cualquier sin remedio.

Que si el árbol queda de un lado o el otro del camino. Lo dejamos a la mitad. Es un trueno y ahí lleva cuarenta años. No se le notan. Tiene un tronco delgado. Los que hay en mi calle, aquí en México, dice mi hermana que han de tener más de cien. Mi hermana tuvo dos nietos. Nacieron hace tres meses. Mientras hablábamos los sacaron a tomar el sol. Hubieran sido los primeros bisnietos de nuestros padres. Con ellos, todos nos volvimos abuelos. Por eso hemos empezado a hablar de la edad de los árboles y el sitio del camino. Antes no había camino en la tierra de todos que era todo eso. Pero tendrá que haberlos. Los bienes sirven para remediar los males. Y hemos de encontrar la luna llena con el aire resuelto alrededor.

Después del acuerdo, nos fuimos a comer un pescado a la sal.

Cuando murió mi madre la llevamos a incinerar. Y mientras esperábamos que su cuerpo se volviera las cenizas que sembramos en el jardín todavía sin camino, comimos conversando como si nada nos pesara. Estar juntos alivia. Comimos, con nuestros hijos, unos panes con queso que se llaman cemitas. Todo ahí mismo: en el jardín que ha de tener camino.

¿Qué estoy contando? Lo de siempre. Lo que uno cuenta también se hará cenizas. Saber eso me tranquiliza tanto como que se haya decidido el lugar del camino. También mis nietos comerán con sus padres el día en que yo me muera. Y tendrán una pena que no podré quitarles, que habré sembrado en ellos, sin querer.

No voy a pensar en eso. Mejor vivir como vivos eternos. Como el pájaro que anda en pos de la gallina ciega y el perro que mira al pájaro antes de seguir mi voz ofreciéndole un bocado más fácil. Querría yo silbar para llamarlo con enjundia, pero silbo muy mal: bajito y desentonado.

Mi padre silbaba al volver del trabajo. Y mi mamá bajaba la escalera. Comíamos en el desayunador. Aún sigo sin saber la razón. Por ese tiempo, los comedores tenían algo de intocables. Cinco niños y dos papás. A veces, un invitado. Lo que no sé es cómo cabían ocho sillas en ese espacio de tres por dos. Desde la ventana se veía la jaula en que estaba un periquito australiano. Azul. Era de mi hermana. De ella que ahora ve a un pajarero y le compra todos los que trae en las jaulas para devolverlos al campo de ahí cerca, donde él los atrapó por unos pesos. Ahora, si habláramos del perico, ella haría toda una tesis sobre la barbaridad que fue y sobre cómo no hubiera podido ser de otra manera. Porque, ¿a quién se le ocurría traer de Australia unos periquitos que allá viven en parvadas inmensas? Pájaros volando alineados, protegiéndose entre miles, aleteando como quien hace los trazos a colores de un dios omnipotente, igual al que dicen que hay. Ahora se le hace una barbaridad, pero entonces le compraron una pareja y un trozo de madera para que hicieran un nido.

Mi papá silbaba y bajábamos todos. Muchos días había pasta. En nuestra casa la pasta se guisaba distinto que en las otras. Se ponía el agua a hervir y se echaba diez minutos antes de comerla. Como en Italia. No como si fuera un símil de los chilaquiles y pudiera cocerse a cualquier hora y luego entrar al horno con queso Chihuahua y crema. Tal cosa se veía como un desatino, aunque no se criticara en público. Eso de la pasta desbaratada y blanda era otra barbaridad que hoy todo el que viaja considera tal. Pero ahora el parmesano se vende en cualquier supermercado y por todas partes hay restoranes italianos. Antes impensable. Hace tiempo la gente comía en su casa. En Puebla había tres restoranes, en sus tres respectivos hoteles. No muchos más. Los negocios se cerraban a la una y media, volvían a abrirse a las cuatro. Nosotros salíamos del colegio a las doce y regresábamos de tres a cinco.

Dos horas en la tarde y tres en la mañana. Qué lento y aromado era el tiempo. Daba para todo. Al salir íbamos a clase de baile. Mi mamá era la maestra y lo tomaba muy en serio. Le impresionaba el ballet ruso y nos leía que allá a las niñas las dedicaban a una misma disciplina desde chicas y las ponían en unos colegios especiales en los que eso de bailar no era cosa de juego. Se decía que en el comunismo les quitaban los hijos a sus papás para educarlos como les parecía debido. Eso le sonaba atroz, pero en ella latía una contradicción. El ballet de la noche a la mañana podría bastarle a cualquiera. Yo la oía como contando un cuento más. Otro entre aquellos que nos leía traduciendo despacio, del *Cuore*.

Ella aprendió italiano cuando conoció a mi papá, pero no fue a Italia mientras vivía su marido, porque él había vuelto de la guerra y no quería recordarla. Ni tuvo que decirlo, porque nunca oí a nadie preguntárselo. Ahora que la veo en las películas (¿en dónde más si no fue en sus palabras?), la Italia de los últimos años cuarenta era para querer olvidarla.

Encontramos, hace poco, un documental sobre la Guerra Fría. Entre escombros y en los huesos, vi una fila de italianos esperando su ración de un potaje blanco: engrudo de arroz y coles. En una fila igual estuvo nuestro padre muchas veces. *Il messicano*, cuyo papá emigrante había querido regalarle a Italia. Lo mejor fue volver. Escaparse de la promesa devastada, del país despedazado, a un país hecho en pedazos. Por hacerse. México y su desorden. El lugar preciso en que él encontró un orden. Una familia, una memoria, unos volcanes, una tierra ni de lejos tan fértil como la del Piamonte, pero mucho más cerca de la paz. Y con certeza, más cerca de sí mismo. Porque uno es de donde es. Y él de aquí era. Por eso no se habló nunca en italiano. Mejor vivir en México, aunque todo fuera tosco y reciente. Aunque estuviéramos pegados a los gringos y sus barcos de fondo plano, lejos de la Génova cuyos navegantes ya construían las mejores naves del mundo desde el renacentista cuatrocientos.

Las parejas nos vamos haciendo de códigos. Es así como desciframos, aun cuando la otra parte no lo diga, de qué humor anda la media naranja. Si está en una trinchera o en un prado, si en la montaña o a la vera de un lago, si en la memoria o en el futuro, si en gerundio o en presente perfecto. Y tenemos instantes, dentro de esos códigos, que nos mueven, a un tiempo, varios otros. A mí, cuando el señor de mi casa silba una tonada de cinco notas, el mundo me abraza. Y bajo la escalera. Aunque sea para ver una serie de las que a él le gustan. A mí no, porque mi sangre ya fue a la guerra.

4

Es abril y hace un mes que estallaron las jacarandas.

Con el aire cruzando sobre su tenue azul, hará calor y estará en todo lo alto lo que a muchos nos parece la mejor época del año. La ciudad pierde el pardo que suele acompañarnos a lo largo de meses aciagos para el horizonte. Hasta el ruido de espanto con que cruzan los aviones, sobre las casas del barrio, se atenúa. Porque uno puede salir a caminar la calzada que riegan las primeras flores dormidas en el suelo.

Hay épocas que nos llevan a la infancia. Y meses en que la juventud, o su memoria, toman todos los días y nos alzan en vilo. Abril me lleva sin remilgos a cuando aún estaban vivos mis primeros muertos y su presencia —como la eternidad— era un cobijo imposible de apreciar. Del todo inverosímil que no existiera. Como ahora a tantos les parece inverosímil que alguien se atreva a desafiar la certeza de que Bernal Díaz del Castillo fue un soldado sencillo, pero genial, que puso ante nosotros una emoción imposible de imaginar sin su ayuda. La ciudad milagrosa que vieron por primera vez quienes luego vendrían a ser, también, para reivindicación de una pitonisa llamada Malinche, la mitad de nuestros antepasados. Que si Bernal fue Cortés. Yo qué sé. Para el caso de la paternidad, da igual.

En mi abril de hace cuatro décadas, el puente que parecía infranqueable era el que conducía a la libertad. Bajo las jacarandas: adivinar, desvelarse. Bajo las jacarandas: la urgencia de correr a donde el mundo fuera promisorio de muchos modos, no sólo de uno. Porque la promesa de casarse —bien, mal o regular— estaba, sin duda, en la bitácora de lo que podría ser la vida. Lo demás no. Ser periodista, no. Ser escritora, no. Ser cantante, menos. Tampoco parecía probable ser azafata, profesión que hoy me asusta, pero no entonces. Porque entonces, quería yo a toda costa subirme a los aviones, ir a otros lugares haciendo algo que no parecía trabajo. Ahora sé que si alguien trajina en la faz del aire, son ellas. En cambio, en esos años, conocer Italia y Sevilla a cambio de servir la cena y el desayuno no me parecía una tarea ardua. Pero, azafata, impensable. Ahí nada podía yo intentar con el humillante uno cincuenta y ocho que medía. Además, hacer eso quedaba en otra parte. Lejos. Bajo otras flores moradas. La juventud, en cambio, estaba en la esquina de enfrente, en el profesor de italiano que dijo ser mi novio porque no podía decir que ya era novio del otro profesor. Él me llevó de la mano al teatro y sin que tocara nada más —con sólo ser distinto y saber de Roma en las tardes—, sentí entre las piernas el corazón que para allá se baja a palpitar cuando el sexo despunta dándonos la sorpresa. Como las jacarandas.

El profesor tenía un nombre espantoso que supongo inventó para ser más interesante. Tenía la piel oscura. Las facciones toscas y cinco centavos en su futuro económico. Por fortuna no fue por eso que lo perdí, sino porque apareció en escena mi tía Julia y me desalmó diciéndome que el muchacho no se acostaba con mujeres.

Entonces, casi todos los hombres jóvenes, tras besar a sus novias visitaban la calle Noventa. Un lugar remoto, en las afueras de la ciudad y sin duda en otro mundo, al terminar el trazo de los ángeles en el centro de la heroica Puebla. Y aquello que sabíamos a medias las niñas bobas, doña Julia Guzmán aseguraba que él no lo hacía. «Eso está bien», dije yo casi presumida de haber hallado un tipo así. «Se acuesta con hombres», me informó ella con la picardía jugando en sus labios, perspicaz como era.

Iba a Puebla de vez en cuando cargada con el tesoro de todo lo que yo ignoraba. Había escrito una novela que tituló *Divorciadas*, lo que sin duda no le consiguió lectores. Nadie le había hecho gran caso. Creo que el desaire sí le afligió, pero no lo decía. Yo la quise tanto como me deslumbraba, pero luego he sabido que no muchos más lo consiguieron. Así son las jacarandas, le hablan a cada quien distinto. Mi extravagante tía abuela, escritora de telenovelas, traductora de obras de teatro, amiga de la irreverencia y, en el fondo, solitaria, me dejó muda. Entonces no se decía gay, ni homosexual. Se decían sustantivos, como insultos, que ella nunca nombró. Era sólo que el muchacho se acostaba con hombres y que yo, hasta esa tarde, a los diecisiete, viéndolo actuar en el pequeño teatro al que llevé a mi tía para saber si por fin alguien lo aprobaba, supe que esas siestas podrían ser tan ambicionadas como las que casi todo mi mundo imaginaba para después de una boda con muñecos de pastel hombre-mujer.

Ahora me da risa contarlo: en ese mes de jacarandas, hace mil años, la experta voz de Julia Guzmán me quitó la primera virginidad. Había hombres que dormían con hombres y ni yo ni el pañuelo de mi mundo lo notamos. Sentí más alivio que congoja. Luego la tía y mi tranquilo asombro se fueron a caminar bajo las jacarandas del parque de San Francisco. Mi pretendido tenía novio, con razón era renuente y dispar. Nada como las penas de la juventud vistas de lejos. Todas, menos la que al poco tiempo se abrió como un agujero sin remiendo. Pero de la muerte de mi padre ya he contado de más. Ahora estoy a mucho más tiempo de haberme vuelto huérfana del que falta para que mis hijos sean huérfanos.

Aunque viviera noventa años, no alcanzaría a juntar tantos meses como los que han pasado desde entonces. Así que he de volver a lo de hoy. A las drásticas, efímeras jacarandas.

Pensando en una primavera más cercana, pero también antigua ella y joven yo, recuerdo el desafío de Antonio Hass, un hombre cuya erudición volvió de Harvard a Sinaloa, sin más deseo de compartirse que el de ir platicando bajo el eterno clima de abril de un pequeño rancho.

—La juventud… —empezó Toño—. Perderla tiene su gracia. Decía Buñuel: *Por fin matas al perro del deseo.* ¿Cómo dice el poema de Darío tras lo de *Juventud, divino tesoro, / ¡ya te vas para no volver! / Cuando quiero llorar no lloro… / y a veces lloro sin querer.* ¿A que no sabes lo que sigue?

—Claro que no lo sé —dije—. Mi libro de la prepa terminó ahí el ejemplo.

—Así hacen en la escuela, podan lo extraordinario. Que la juventud es un tesoro, gran lugar común. La gracia viene después: *Plural ha sido la celeste historia de mi corazón* —dijo.

¡Santo cielo!, hasta las jacarandas envidiaron tal juego. Y todos a callar: Antonio, el paisaje, sin duda yo. Debió ser plural y complicada la historia celeste de los amores de Antonio. Tampoco de ella hablaba aquel eterno soltero guapo, tan cerca de la literatura y el piano. Tan lejos del matrimonio y de nombrar a esto que por fortuna ya se puede nombrar bajo las jacarandas. Hay hombres que despiertan junto a hombres y mujeres que sueñan con mujeres, en la misma cama. Para su dicha y la de quienes los queremos, viven en paz. Aunque su matrimonio, como dijo algún burro, no garantice la pervivencia de la especie. Como si la especie estuviera de presumirse. Bien dice Daniela, mientras cepilla a un caballo: «La especie humana está sobrevaluada».

Muchas veces tiene razón. No cuando uno visita la Rotonda de los Hombres (ahora personas) Ilustres, para ver las jacarandas que ahí florean alrededor de una llama y las tumbas de personajes cuya existencia alivia recordar: Ramón López Velarde, Rosario Castellanos, Agustín Lara, Amado Nervo.

—Besarse entre sus tumbas —dice la amiga con que voy— fue para mí una ceremonia que siempre evoco cuando me urge un amuleto.

—¿Besabas novios en la Rotonda? —le pregunto.

—¿Cómo se te ocurre? Sólo a un novio besé en la Rotonda. Eso sí, muchas veces. Besar ahí equivale a un sacramento

La oigo y se lo creo. Tiene mi edad y sigue disfrutando calenturas en abril. Hay quien conserva el privilegio del deseo, como un perro que a todo sobrevive. Dichosa ella. Y las plurales jacarandas.

5

Cada día anhelo menos cosas que no puedo tener. He ido encontrando muchas de las deseadas y otras ya no las quiero. Y de cuantos deseos imposibles tuve, sólo el tiempo y la intensidad necesaria para vivir parecen urgentes.

Ese deseo de lo imposible se pierde con los años. Sin embargo, lo que deseamos con fuerza en la niñez, aún nos golpea de pronto con el placer de encontrarlo.

Hay en Chetumal un lugar llamado El Palacio de las Pelucas. Una suerte de bazar oriental, en mitad de Macondo. Ahí uno encuentra tesoros de a tres dólares: libretas, plumas, polveras, prendedores de pelo, bolsas con lentejuelas, monederos con chaquiras, correas, carteras, relojes. Todo lo que a uno nunca se le ocurre que exista aparece entre dos aparadores. Y así como en algunas ciudades lo crucial es mirar algún museo, en Chetumal puede haber mil diversiones, pero la inevitable es ese paso, lento y reiterativo, por el célebre Palacio de las Pelucas.

Adivinar cómo fue que así nombraron a la tienda, porque pelucas no se ven por ningún lado y es difícil imaginarse que, alguna vez, alguien haya comprado o vendido una peluca a la orilla del Caribe. De lo demás, casi puede encontrarse cualquier cosa. Así que no tendría por qué parecerme extravagante haber dado ahí con las muñecas de cuerda que de sólo mirar me devolvieron a la edad en que aún hay imposibles como desafíos. Estaba vestida de azul, tocaba un vals y abrazaba un conejo. Pensé que la compraba para Eugenia, mi ahijada, pero cuando volvimos a México decidí guardarla un año más, para que a ella le interesara tanto como a mí. Pasó el año sin que yo me acordara de la muñeca dormida en mi ropero, hasta que volvimos de nuevo a Chetumal, al Palacio de la Pelucas y al rincón de donde la traje. En cuanto las vi, fui a buscar a Eugenia para prometerle el mejor de los regalos y la llevé, por los pasadizos de la tienda, hasta el rincón aquel de las muñecas con música. «¡Mira!», le dije, como quien enseña un paraíso. Me respondió un silencio. Me incliné a buscar su cara. «¿Te gustan?», le pregunté esperando que quisiera cuatro. Otro silencio. «¿No te gustan?» «No», dijo muy seria. «¿No?» «No.» «¿No? Imposible. ¿No quieres una?» «No», dijo llevándome hasta un mostrador en el que había un juego de cosas cuyo sortilegio aún no entiendo. Su hermano tenía uno en las manos y ella se hizo de otro y me deshizo el sueño. Todavía no lo puedo creer. Su respuesta me dejó tan pasmada como el propio Palacio de las Pelucas. Fue una sorpresa más. He dicho que ahí todo se encuentra. Y hasta los desencantos tienen gracia.

6

Adivinar si el tiempo ha empezado a encogerse, si los días se harán horas y el clima conseguirá desaparecer las noches que cada vez son más cortas. Adivinar. Uso este verbo así, en vez de quién sabe, desde que tuve palabras. Dice un poeta que semejante disposición del verbo es juego mío. Adivinar. Yo creo que así se usaba en mi familia, pero a la mejor era en mi ciudad. No sé. Igual y de veras lo inventé. ¿Será porque crecí en un mundo en permanente reconciliación con el azar? ¿O que nuestra curiosidad era tal que vivíamos dentro de una adivinanza? Lo cierto es que yo nunca he creído que sea posible prever el futuro, pero siempre me han impresionado quienes sí lo creen. Y cerca de mí no han faltado estos personajes que pueden pasar de la lógica matemática a la imaginería y de las dificultades económicas a la bonanza gracias a la pasión por adivinar y creer en las adivinaciones, propias y ajenas.

Tuve una tía guapa y alegre, pertinaz y fantasiosa. Enamoradiza y valiente. Se casó con un hombre muchos años mayor que ella. En contra, por supuesto, de sus papás. Debió ser guapo, yo no lo recuerdo, pero varios encantos habrá tenido, porque la tía Catita procreó con él seis hijos. Quizá hubiera alcanzado a tener más, pero el tío murió de un infarto a los ocho días de nacidos los últimos dos.

Al indeciso azar quedó entregada la tía y dispuesta a todo para salvar a sus criaturas de la escasez. Era ingeniosa y trabajadora. Así que puso una casa de huéspedes, y en el patio de atrás criaba patos y gallinas.

Su casa era un jolgorio de gente que entraba y salía mientras ella, así la recuerdo, lavaba ropa en un fregadero que estaba en lo alto, como volando. Creo que para evitar que los patos tuvieran algo que ver con las sábanas, lo había hecho subir sobre tres escalones. Era como verla en un faro. En el centro del patio, pudiendo escudriñar de una esquina a otra lo que pasara en su casa.

Tenía el pelo oscuro y largo. Siempre suelto. Y la lengua encantada. Para todos había. Al faro de su fregadero se acercaban los huéspedes, luego alguna vecina, después la amiga de una amiga. Y ella siempre tenía una historia que contar, siempre disposición para oír a cualquiera y sin duda algo que discernir o prever. De su capacidad para esto último, más la elocuencia tenaz de sus consejos, salió un don. Y la noticia corrió por la ciudad pequeña y ávida: Catita podía adivinar cosas. Y sus palabras consolaban porque decían lo que a su consultante le urgía escuchar.

Cada mañana le llegaba una nueva recomendación. El patio empezó a llenarse de visitas y la gente quiso privacidad. Al principio los consejos eran públicos, aunque fueran en voz baja, pero luego hubo que usar uno de los cuartos de huéspedes para volverlo consultorio. En ese momento la fama ya era tal que había subido a los cerros de los importantes y desde ahí bajó una mujer insólita a pedir ayuda para su incurable mal de amores. No sé si ella habrá sido la primera en pagar por el oráculo, pero sí que fue por esos días cuando hubo que empezar a hacer cita para ver a la tía. Y que por esas fechas su decir fue volviéndose inapelable. Como las entrañas de las palomas romanas, las palabras de la tía eran temidas y adorables. Porque uno le dijo a otra, y otras a unos, que de su boca salía siempre la pura verdad.

A mi madre, que en materia de adivinanzas era escéptica como una cartesiana, el asunto le parecía poco confiable. Una cosa era creer en verdades duras como la beatitud de Sebastián de Aparicio o la magnificencia del Señor de las Maravillas, y otra aceptar que su cuñada podía decirle a la gente lo que iba a ser su destino. Más complicado aún: lo que había sido y lo que estaba siendo su destino. Sin embargo, se iba quedando sola en su incredulidad. La fama de tía Cata voló incluso a otras ciudades. Era una bruja blanca, decían, un hada envuelta en celofán de verdades incontestables. Si a una la dejaba el marido, otra quería saber si a ella le sucedería algo por el estilo. Si un marido volvía, otra quería pedir que el suyo no volviera jamás. Pedir, digo, porque su buen nombre cobró tal auge que de adivina pasó a intercesora. Yo no sé bien con quién hablaría, nunca se lo pregunté, ni la entonces obligada prudencia de mi cuna me lo hubiera permitido. Habría sido como dar por hecho que la candidez popular podía prender en nuestro ánimo. Y mi mamá, que tanto quería a su cuñada, que mientras tuvo problemas la visitó con asiduidad y cariño, a la hora en que empezaron las videncias se alejó sin escándalo ni ironías. No se sintió capaz de entender esa música. Además ya no hacía falta, pues la casa de su cuñada iba en vuelo, con todo y faro, sin necesidad de ayuda alguna.

La tía se bastaba y sobraba. Ella sola, con su lengua y sus manos, hizo y dijo ensalmos tales que no faltaron dueños del más alto entendimiento capaces de rendirse ante la verosimilitud de sus acertijos. Porque no hay nada más cierto que lo increíble. Y eso ella lo sabía de cerca. Así que empezaron a saltar sapos de los huevos y a enamorarse de nuevo los malos maridos, mientras la tía y sus hijos salían adelante con todo y casa, patos y pan para «sus» pobres. Así los llamaba, suyos, porque ya la misericordia de las adivinanzas le daba hasta para hacer suyas las penas ajenas.

En los últimos veinte años de su vida la vi dos veces. La primera fue un día en que quiso leerme la mano y yo se la entregué descreída. Tenía yo un novio. «No te vas a casar con éste», dijo. «Tú te vas a casar con un alto, de anteojos.» La segunda fue la última y me alegró abrazarla. Entre gitanos, me dije, no se lee uno la mano. Sí que había sido cierto lo del alto de anteojos, pero igual hubiera podido no ser cierto. Y eso lo sabíamos las dos. Contar historias fue lo suyo y se volvió lo mío. Escribir es un modo de jugar a las adivinanzas. De adivinar, adivinando.

7

Entré ayer al precipicio que es esta ciudad desmedida dentro de la que he encontrado un refugio silencioso y remoto que ahora acompañan dos perros con los nombres más cursis que pueda tener perro alguno. Mañana llegarán sus placas, porque mientras estuvieron en Puebla nadie imaginaba que podían perderse.

Los he llevado de paseo a su antigua casa y volvieron encantados. Lo mismo que encantados y aprisa subieron al auto en que los traje de vuelta. Dice Daniela, y ella sabe, que los perros son de personas, no de casas. Supongo que han aceptado ir y venir conmigo como parte de mi herencia irrevocable.

El domingo entramos, con el doctor Aguilar al volante. Lo suyo es desentrañar el mundo, no un automóvil, pero cuando no queda más remedio lidia con él y conmigo que esta vez llegué a la ciudad leyendo los letreros que se atravesaban por mis ojos, como hacen los niños cuando empiezan a aprender: «No es-tacio-narse»: así entré yo, leyéndole cuanto iba pudiendo. «Brujo de Catemaco», «Se forra piel», «Publi-sellos», «La Gomita, vulcanizadora», «Casa Hogar de paz» (en mitad de un basurero), «Abarrotes Talys», «Deportes Yuli» (aquí también hay generación Y), «Centro Quiropráctico de Oriente» (un cuarto que atemoriza en el tercer piso de una casa de lámina), «Las Delicias del Taco», «Motel El Abuelo», «Cantina El Nieto». Juro que están uno junto a otra. «Iglesia Fundamentalista Elemental», «Squash Balbuena», «*Candelero*: la revista que dice la verdad», «La vio-lencia en la calle empezó en alguna casa», dice un es-pectacular. (Muy cierto, sólo que lo firma el PSD, un partido mentiroso que empezó robándole sus dere-chos a Patricia Mercado, su fundadora, y candidata a la presidencia. Con suerte no obtendrán ni los votos ni el refrendo para seguir existiendo. Dios no casti-ga porque no está en donde debe, pero los electores sí, aunque sea a veces.) Sigo leyendo: Grafitis. Miles. ¿Qué dicen los grafitis? Algo dicen. «Pepe Victoria: fiesta salón o jardín todo por 199 pesos». ¿Qué será todo? «La naranjita Byll», «Deportes Ari´s» (el apa-rador tiene una pelota vieja, unos tenis grises y un traje de baño). La entrada a esta ciudad es un canto a lo feo con entusiasmo: ¿cuál mejor esperanza que un brujo de Catemaco al terminar la carretera? «Ama-rres, limpias.» Yo volví a una comida en el jardín de los helechos. Cada quien su ensalmo. «Luna», dice el niño cuando ve en el cielo su línea delgada.

8

Era la paz entonces. Cuando íbamos al colegio caminando. Al salir comprábamos un helado y nos deteníamos a platicar sobre nada en mitad de todo. Pasaban los coches de uno en uno y el tiempo era nuestro, como el aire y la certeza de que no había nada que temer.

9

Estoy descalza, a la orilla del mar. Al fondo, el sol acaba de salir y va subiendo contra el agua que se pliega en el horizonte y se alarga hasta la playa en una franja de espuma blanca.

A mis espaldas hay un hotel como tantos. Porque es tal la cantidad de hoteles frente al mar abierto de Cancún, que la mirada no se detiene en ninguno.

A cada cual lo hicieron para que fuera distinto, pero todos se ven iguales. Abismados en su estirpe de pequeños dioses que, por más fieros que hayan sido, no consiguen doblegar la belleza del océano. Lo agobian con su fealdad vestida de lujo, lo alejan volviéndose altos, se lo tienen prohibido a todo el que no sea turista o no trabaje en ellos. Lo necesitan, pero lo tratan como al peor enemigo. Ochenta mil cuartos de hotel tiene la Riviera Maya. Y, a pesar de nosotros, está viva.

Hace años que no me detenía en este lado del Caribe. Se ha vuelto distinto. No quiero decir que menos bueno, aunque me lo parezca, porque cuando uno empieza a explicar por qué las cosas eran mejor antes, empieza a maldecir el tiempo en que vive. Y todo menos eso. Yo he sido muy feliz frente a este mar y no voy a ofender su derredor aunque me muera de tristeza. Era de tal modo inocente. Era inmenso. Ahora está sitiado.

Sin embargo me hace un hueco, me deja caminar mojándome las piernas. Y aquí estoy, sin tener que cerrar los ojos, con mis niños en los hombros, toreando las olas; con mi hermana, sentadas en la orilla, muriéndonos de risa; con mi madre hundida en una marea de la que salen su cabeza y un brazo con el que nos saluda. Somos las niñas de sus ojos, las madres de sus nietos y, como si algo faltara, la hemos traído aquí.

De qué tamaño era aquella alegría.

Aún veo más. Héctor le pone los zapatos a Catalina. Él, que nunca se quita los suyos, ha bajado a la playa por nosotros. Y Mateo no se quiere salir del agua. Yo tampoco.

Desde el primer día en que lo vi, era abril, este Caribe no me deja soltarlo. Hace su ruido azul, se aleja y vuelve. «Eres mío hasta el fin de mis días», le digo y doy la vuelta pensando que no he de volver a esta orilla, que me agobia tanta gente y tanta faramalla, que me devasta haber perdido la sencillez con que anduve casi a solas, frente al infinito y enamorada. Qué palabra para nombrarlo todo. Luego giro sobre mis pies, desmiento a mi cursilería. Claro que he de volver, nunca me he ido. Ni para qué negar la realidad.

10

Hay veces en que uno despierta con la memoria nítida del último sueño. Una de estas mañanas, cuando abrí los ojos a la luz de mi cuarto en penumbras, me costó reconocer que no estaba yo bajo un crepúsculo, cerca de unos barcos, joven como un pez azul marino, nadando sobre la arena blanca.

No quise decir la frase, pero la pensé sintiéndome original. Como si no hubiera existido el Siglo de Oro y dentro Calderón de la Barca: *Que toda la vida es sueño; y los sueños, sueños son.*

Voy a leer a don Pedro, dije. Y me levanté aceptando que estaba en la Ciudad de México, que no había salido el fin de semana y que mucho menos venía de un atardecer en el mar.

Por mi cuerpo cruzó una opinión de arquitecto: cuando a los arquitectos les estorba una habitación, que al agrandar la casa quedó a medio jardín, la llaman *volumen* y con toda naturalidad dicen: «Ese volumen molesta, hay que quitarlo». Entonces el cliente tiene que defenderse como bien puede, inventar que es pertinente el estilo Barragán y que será bueno darle la vuelta con una reja para infundirle misterio a la construcción. Entonces, el *volumen* puede incluso verse bien.

Por desgracia, no he encontrado manera de hacer algo así con el insólito fardo que apareció en mi cuerpo al ampliarse el jardín de mis años. Una suerte de pancita blanda, arriba del ombligo, con la que no sé qué hacer. Está muy fuera de lugar. Ni siquiera me ha subido de peso, nada más apareció de repente como salida de ninguna parte. Es justo lo que se llamaría un *volumen*. Tomado entre el pulgar y el meñique mide como dos centímetros, pero suelto a su aire crece y se ve espantoso. Decía una vieja amiga: «Después de los cincuenta, o te ajamonas o te acartonas». Ahora, quizás con tanto necear en pos de la juventud, puede decirse que esto sucede después de los sesenta. Pero sucede. En mi caso más que acartonada me siento, diría Rocinante, metafísica. En un tuit me ha llegado su diálogo con Babieca: «*¿Es necedad amar?*», pregunta. «*No es gran prudencia*», dice el burro sabio. «*Metafísico estáis.*» «*Es que no como.*»

Cada vez que recuerdo esta maravilla de diálogo, aplaudo como si pudieran oírme en el siglo XVII. Yo engordo poco, así que con la apariencia engaño, y me cobijo de nuevo en don Pedro Calderón: *Finjamos lo que somos, seamos lo que fingimos.* Pero me he puesto pellejuda como Rocinante. Y con este *volumen* raro que no encuentra un escondite. No hay blusa capaz de volverlo misterioso. Medio se disimula con los sacos a la cintura, casi puede ocultarse levantando la espalda como si fuera uno montando a caballo o estuviera en la clase de ballet de la infancia. Para no ir tan lejos: como si anduviera uno bailando acompañada por una orquesta cubana. Nada más que todo el tiempo. Incluso al despertar junto al ser querido. Dormir de lado es fatal, sucede como dijo don Pedro: *Y con el cuerpo en el aire/ tanto estorba como abulta*. En la madrugada, para huir de la pena, lo mejor es ponerse boca arriba. Entonces el globito se hunde en lo que alguna vez fue su lugar y hasta se siente que podríamos volver al bikini. Dicen que hay una cirugía para dejarlo a uno como si trajera un corsé bajo la piel, pero eso debe costar como un dolor y doler como herida de guerra. Yo ando en edad de empeñarme tan sólo en la paz. Sin embargo, me diría Calderón de la Barca: *¡Válgate el diablo!/ ¿qué tienes,/ que andas todos estos días/ con mil necias fantasías?* Para tal pregunta no iban a faltarle razones. ¿A qué viene tan ingrata descripción de una intimidad? A mi deseo de que en los espacios públicos también nos importe lo privado. Lo que yo escribo, casi siempre, quiere ser una guarida. Yo quiero hablar, como en los escondrijos, de lo que sea necesario no decir en otras partes. Incluso las necedades.

Encontré un consejo de don Quijote, que sin duda me acompañará en el esfuerzo para esconder el volumen: *No andes, Sancho, desceñido y flojo, que el vestido descompuesto da indicios de ánimo desmalazado.* Gran exhorto. Busqué en el diccionario de la RAE el poco usual adjetivo *desmalazado* y significa justo lo que sugiere. Desmadejado, laxo, desordenado. Además sigue vigente, no dice que sea un arcaísmo.

Hay que usarlo con más frecuencia. Puede servir hasta para calificar movimientos políticos, artículos de opinión, guisos, situaciones incómodas, sin duda estados de ánimo. «Amanecí desmalazada», puede una decir de sí misma cuando no se encuentre con ánimo de atravesar Constituyentes para ir hasta el bosque de Chapultepec en busca de un aire que me reponga todo el que perdí esperando a que el semáforo me dejara pasar entre el ruido y los escapes de cuanto motor pudiera existir. «Volví desmalazada», dirá uno al regresar, en caso de haber ido. Y al vestirme, recuerdo: tengo la panza desmalazada, a ver cómo hago para no parecerme a Sancho. De ningún modo suéteres entallados. Tampoco camisolas amplias porque entonces también se ve una desmalazada. *Las personas no son ridículas sino cuando quieren parecer o ser lo que no son,* escribió don Giacomo Leopardi. Sentencia que en mi familia se resumía con un «No hay que ser visionudo». Quién sabe de dónde saldría el modismo. No encuentro sinónimo para tal palabra. Ahora no lo oigo mucho, pero entonces si alguien se empeñaba en ser o parecer lo que no era, se le calificaba de visionudo. O de visionuda. «Esas son visiones», sentenciaban como quien cierra una puerta.

Nada peor, a cierta edad, que ser una visionuda. Porque en la juventud todo se perdona.

Otras cosas suceden al paso de los años. Voy con la ginecóloga y le cuento. Es una mujer suave, de origen hindú, de más que mediana edad, pero aún joven. Todo lo que le digo con espanto, ella responde que así es. Le digo que a mi amiga le subieron la altura de su área chica, que si me convendrá copiarle. Dice que puede ser, pero que es pesado y no vale la pena. Le digo que me duele un poco tal sitio, dice que es mejor no tocarlo. Total, fuera de asegurarme que no tengo en sus rumbos ni un remoto atisbo de cáncer, cosa que le adivina la célebre prueba llamada Papanicolau.

Diría don Pedro: *¿Qué es la vida? Una ilusión, una sombra, una ficción.*

¿Tacones de quince centímetros? ¿Para que parezca que me ando medio matando al caminar como pollo espinado? ¿Para desconchinflarme la espalda y acabar descalza en alguna ceremonia? Son visiones. ¿Escote? ¿Para departir con niñas cuyos brazos están torneados por la gimnasia y la magnesia de los veinte años? Visionuda. Mejor telas bonitas. Chales, sigilos nunca desvelados. Por fortuna. Diría Calderón: *Aquí de hondo misterio/ entre los velos mágicos/*

en blando sueño están. [...] *Há del misterio que ve-lando están.* Y a dormir en paz, desmalazada, que si la vida es sueño, hasta iremos al mar, y he de ser un pez azul.

11

Buena parte de lo imprescindible está en nuestra cabeza porque antes nos anduvo en el corazón.

He oído por primera vez el nombre y la historia de una mujer que no conozco. Aparece en la plática al fin de una comida con amigos. Pregunto quién es ella.

Me cuentan algo que no me dice nada, sino que hubo un tiempo en que mis comensales eran aún más jóvenes que cuando los conocí. Y que ya tenían una vida que contar, aunque fueran tan jóvenes entonces.

Pienso que si hablara yo de mi compañera Lupita Saldaña, ellos tampoco sabrían quién es, ni lo que contó para mí su presencia tímida en el salón de clases. O de Carlos Gutiérrez, a quien no he nombrado en más de cincuenta años y que si ahora apareciera vendría como de apenas ayer. Tenía polio. Y teníamos seis años.

Hay nombres que no decimos, gente de la que no hablamos nunca, y que está con nosotros, y sólo con nosotros, como parte del sortilegio que nos mueve a andar vivos. Justo ahí dentro: en la memoria de nuestra desmemoria. Gente por la que haríamos cosas que a nuestros íntimos les parecerían inauditas.

Se acercan de repente.

«¿De dónde salió este nombre nuevo?», preguntan los demás. Sólo lo sabe el dios del adiós. El que no olvida.

Carlos apareció hace unos días, en el aeropuerto de Nueva York. Ahí, en el centro de la banda en que se ponen las maletas, estaba la foto de alguien famoso con el imprevisto aviso: «Estamos a punto de acabar con la polio». Me desconcertó. ¿No habíamos acabado con la polio hace muchísimo tiempo? Una generación debajo de la mía, en México nunca volví a encontrar a nadie con esa carga. ¿En dónde sigue habiendo la muda enfermedad que marcó los años cincuenta con su invisible prodigarse? No lo sé. El aviso está en la terminal por la que también desembarcan los aviones que llegan de Pakistán, India, China, África. Al leerlo casi creí ver a Carlos Gutiérrez cruzando la puerta del colegio. Tenía las dos piernas cercadas por unos fierros a la altura de las rodillas. Y se movía apoyado en unas muletas chicas, como él. Unas muletas que contrastaban con la cara siempre vivaz y alegre del niño que las usaba. Tenía el pelo lacio y brillante como la piel de una castaña. Su hermana se llamaba Estrella. Imagino lo que habrá sufrido su mamá. Entonces no se me ocurría pensar en eso. Pero ahora mismo los Gutiérrez podrían aparecer y pedirme cualquier cosa que estuviera en mi mano. Como si los acabara de ver y tuviera con ellos alguna cuenta que rendir. Por eso es que no ha de parecernos extraño que cada quien traiga su carga de aparentes extraños a la mesa de nuestra casa.

Leo que apenas el año pasado, en Nigeria, unos parroquianos mataron a cinco trabajadores de la salud que andaban vacunando. Imposible entenderlo. Se me había olvidado por completo que alguna vez supe del miedo a las vacunas, descubro que nunca había oído de ataques a quienes traen un bien al que se resisten la ignorancia y la religión. Sin duda, no vivimos en el peor de los mundos. La estadística puede ayudarnos a creer que sí, pero también a saber que no. Hace poco más de veinte años que no aparece un solo caso de polio en América.

Cuando las primeras vacunas llegaron a Puebla, nuestra madre se presentó, la primera, en el consultorio del pediatra. Muchas mujeres temían llevar a sus hijos porque hubo la idea de que el mal llegaba por ahí, pero a nadie se le ocurrió matar a quienes traían la nueva. Luego semejante teoría se volvió una barbaridad, al menos en nuestro rumbo. Pero de que la hubo, incluso puesta en la cabeza de alguien en sus cabales, vine a enterarme otra vez por la alegre boca de la dueña del prejuicio.

Por esas épocas la querida doña Emma, que vivía en Chetumal, preciosa como era y precisa como su lengua, se negó a ponerle la vacuna a sus vástagos. Y cuando lo contaba sin una brizna de arrepentimiento, concluía extendiendo las manos para mostrárnoslos sanos, inteligentes y hasta jugando futbol después de los cincuenta. La bióloga Soto, que es la esposa de uno de ellos, todavía se asusta, y no consigue descifrar el enigma en la cabeza de su suegra.

Dicen que a diario pasaba el médico del pueblo frente al soportal de su casa hecha de madera, brillante y suspendida en un tiempo en el que todo era inocente, para rogarle que lo dejara acercarlos a los bienes de la ciencia. Entonces y siempre, ella esgrimía su sonrisa de nariz respingada y su voz incrédula de cualquier milagro que no saliera del buen comer, y le decía que no. Me consta que aquí están los niños, sabiendo nombres que desconozco, a punto de ser viejos, tocados por la fortuna de no haber sido tocados por ninguno de los males contra los que no los vacunaron. Sin duda, excepciones de la estadística, dijeron ellos dejando a sus cónyuges pendientes hasta de la última vacuna de su prole.

A veces la amnesia permite una quimera, de la tierra bajo la que duerme brota a veces un tallo incipiente, y ahí aparece, sin más, la ventana de un salón de clases, abierta al parque donde hay un zoológico de cinco jaulas. En la de changos está uno comiendo plátano y columpiándose. El brote, al que dejó pasar nuestro olvido, trae un antojo. Ese chango veleidoso jugaba mientras nosotros repetíamos las tablas de multiplicar. Yo un día quise ser él. Desde allá me sonríe columpiándose. «¿A que no te atreves a decir que estás pensando en mí? Tiene problemas tu país, di, anda, interrumpe el argumento de quienes discurren en pos de lo importante y pon sobre la mesa mi cara de dos colores llamándote a no pensar, di que tú querrías estar columpiándote mientras pelas un cacahuate y ves entre los árboles a unas niñas que estudian bajo el sol de julio.»

Había colegio en el verano de mi infancia. Las vacaciones eran en invierno. Hasta que vino el primer aviso de la globalización y se pensó en igualarnos con el calendario del norte. Eso pasó hace mucho, pero no está en mi amnesia. Es una memoria que se actualiza. Uno de esos estorbos.

¿Qué sería de nosotros sin el olvido? ¿En dónde guardaríamos las emociones nuevas? Sin embargo, tuvo mi amiga un novio por el que habría dejado un mundo, si él se lo hubiera pedido, y como no se lo pidió, o por la ley que sea, aunque nadie lo sepa anda con ella de tarde en tarde. Interrumpiendo.

¿Quiénes seríamos sin estos indultos de la amnesia? Esta irremisible aparición de lo que sólo es nuestro. Nadie sabe, en esta casa, cómo se llamaba la profesora que me enseñó a leer y escribir. Usaba unos anteojos de vidrios verdes. En la mañana y en la tarde. Con sol y nublado. Yo la veía viejísima.

Lo mismo pudo haber tenido cuarenta años. Toda ella era solemne y solitaria. Soltera y solterona. Pero tenía un matrimonio feliz con las vocales y las consonantes. La tosca asimetría de sus facciones se volvía hermosa cuando nosotros lográbamos unirlas. Aprobaba con la mitad de una sonrisa serena que ahora mismo me alegra.

Estoy viendo la taza llena de lápices, sobre mi escritorio. Tomo uno: «Amanda», escribo.

Bendita amnesia que me dejas vivir, y al tiempo, casi siempre, en un hueco de silencio abierto al día, mandas algún ensueño.

12

Pasé dos días metida en los entresijos del año 1942, en Dalmacia. No entiendo cómo, porque leí muchas tragedias, pero el viaje ha tenido momentos de alegría, y resultó interesante. Habría que decir sugestivo. ¿Qué hacía ahí un pobre muchacho mexicano, picado de italiano porque su padre lo era, aunque su madre no?

El señor de la casa fue de viaje, otra vez, a promover el deseo de un país mejor.

Mientras él estaba fuera, yo pasé a solas más tiempo que el de costumbre. Hurgué en la historia y en los tiempos libres empecé a leer tres novelas, escribí cartas, anduve por la escalera veinte veces al día, espié el horizonte y vi películas. Todo esto que hago muchas veces, cuando Héctor no está, carece de ese placer que con los años no pierde ni fuerza ni carácter, venido de lo que llaman *brain sex*. Esto que se puede hacer con ropa, a media calle, a media noche, mientras se come. Esta apretada relación mental, que requiere tanta cercanía como la que piden los amores de cama. Esto que es jugar, atraparse, buscar en los resquicios del otro una frase que complete la que sigue, una idea que se meta en las nuestras y las complete. O las rehaga. Ya está. Eso.

13

Del enorme fresno frente a mi ventana están cayendo las hojas del otoño. Una mariposa cruza por el mismo aire. El sol pega sobre sus alas y la hace relucir como un trozo de oro. ¿A dónde va la mariposa? ¿A dónde su oro?

14

Amaneció el domingo iluminado y a mí esos despertares me provocan ocurrencias. Ninguna mejor que llevar a los perros al parque antes del desayuno.

Dos perros, dos correas, una sola mujer partida por la mitad.

Durante muchos años tuve un perro, ninguna correa y cinco kilómetros diarios, pero me he ido volviendo floja.

Así que ir con dos perros es la fantasía hecha realidad más estúpida que se me haya ocurrido. Creo que los tres anduvimos media hora en vilo. Yo tratando de llevarlos sujetos, ellos tratando de librarse de mí, de sus correas. Eran perros de jardín que nunca imaginaron la magnitud de un parque, pero tampoco la prisión en que debe andarse por él. Desconocen el modo de caminar llevados con una correa y yo desconozco el modo de llevar un perro con correa. En resumen, hubo un momento en que me detuve en mitad de un prado junto al lago, porque ellos cruzaron sus correas dando

vueltas a mi alrededor y nos quedamos hechos una madeja involuntaria.

No recuerdo lo que fue desbaratar ese lío. En cuanto lo conseguí regresé al coche con toda mi humildad a cuestas y manejé de regreso a la casa. Casa. ¡Qué palabra!

15

Entré al salón de belleza y ahí había estallado la Navidad. Hacía tanto que no iba que mi comadre Ofelia me salió a recibir como si fuera yo el mismísimo Hamlet. Ofelia es amorosa, trabajadora, pequeña y rubita desde que la conozco, hace más de treinta años. Tiene un salón que mide seis metros por seis metros. Dadas las medidas es obvio que resulta muy chiquito, pero hay ahí todo lo que uno necesita puesto en la figura y el trabajo de dos mujeres: Ofelia —que tiene tres años más que yo y que empezó a trabajar tan jovencita que lleva más de cuarenta años peinando cabezas urgidas de primeros auxilios— y Elisa, dueña de toda la paciencia imprescindible en una buena manicura. Eli es la bondad misma y fascina el modo en que sonríe, la ilusión con que canta cuando le pido que me recuerde la tonada de «Nube viajera».

Ofelia se volvió mi comadre antes de serlo en realidad. Desde la primera vez que crucé el umbral de su pequeño puerto me sentí en una extensión de

mi casa. Muchas veces los salones de belleza son lugares hostiles, enormes, impersonales. No es el caso con este lugar cuyo único defecto es llamarse «estética», porque en México así les dio por llamar a las peluquerías desde por ahí de los años setenta. El salón de Ofelia es la única cantina que frecuento, no se bebe ahí sino tertulia, pero puede uno emborracharse conversando.

En un tiempo, por los mismos años en que se permitió en México la entrada de las mujeres a las cantinas, a los hombres les dio por entrar a las «estéticas». Por fortuna las cosas cayeron por su propio peso y en nuestra «estética» no se atiende a caballeros. Fuera de horario van mi cónyuge y mi hijo, quienes para agradecer tal deferencia, no se comportan como caballeros sino como parientes.

A ese salón lo prodigan puras mujeres útiles, quiero decir, trabajadoras. Y cada una tiene algo que contar. Lo mejor es no encontrarlas a todas juntas, porque todas tenemos siempre prisa y con la pura Ofelia peinando, cuando somos muchas pasamos del gusto de vernos al disgusto de esperarnos. Pero cuando, como ahora, para pesadumbre financiera de mi comadre sólo estamos dos clientas, la verdad es que nos divertimos mucho.

A veces me toca encontrarme con una magistrada del tribunal fiscal, otras con una doctora, una dentista, una ingeniera o una contadora. A veces las encuentro a todas y es de morirse de risa la mezcla de profesiones y quehaceres encimándose a la certeza de que también las otras tienen mucho trabajo, pero ninguna como la que más prisa tiene que es cada una.

Sin embargo, sabemos desde el principio que turno es turno y que no hay citas, así que, diría Ofelia, «es como van llegando». Claro, un día yo le pedí su turno a Lolita la contadora y hasta la fecha le estoy pagando ese plato de lentejas. Cada vez que entra después de mí quiere que le deje mi sitio. «Me lo debe usted, Mastre», dice porque me habla de usted para que quede claro que es tres años menor. «Ya te lo pagué diez veces, Lolita.» «Una más y ya», dice alegando que la espera un nuevo novio y que yo debo entender que ella no ha podido nunca hacerse de una pareja estable y que este señor parece que sí va en serio.

Hoy me encontré a Fifí. Gran personaje. Fifí trabaja en un hotel que está cerca del salón. Se llama Frida y de físico es todo lo contrario que la otra Frida. Puede ser igual de extravagante, pero a su modo. Por ejemplo, le gusta que el árbol de Navidad varíe de color sus luces y que a veces sean moradas. «Yo prefiero cuando todo es más sobrio», digo. «Deja de ser aburrida», me ordena para que quede clara su certeza de que mi modo de vestir le parece formal y mi negativa a pintarme las uñas de púrpura le resulta retrógrada. Fifí usa pantalones de mezclilla con lentejuelas, zapatos brillantes y bolsas de colores. Todo alegre y lleno de euforia como ella misma.

En el salón, como en buena parte de México, ella no es una presencia común porque es judía, pero en este país todo el mundo piensa que todo el mundo es católico, así que a pesar de que ella no es una presencia común, nadie la ve sino común. Siempre, menos cuando hay temblor. Ella no se persigna si hay un temblor, pero su religión la cumple sobre todo cumpliendo con las fiestas. Por encima de cualquier profesión de fe, ella es celebradora. Si fuera católica sería la que pagaría los cuetes y las barbacoas de los patrones del pueblo, pero como es de religión judía lo que tiene son todas las fiestas judías que son casi tantas como las católicas. Y mucho más largas. Además, como es mexicana, celebra y vuelve suyos otros días de guardar. Por ejemplo: el de la Virgen de Guadalupe. Y claro que hace cena en la Navidad católica y en el año nuevo occidental. Y le gustan los pinos con esferas, las coronas de adviento, las posadas y las piñatas. Si las posadas son para recordar que el niño Jesús no tenía en dónde nacer y que sus papás andaban pidiendo permiso para dormir en un pesebre sabiendo que traían con ellos al Mesías, ella no repara en esas cosas: las posadas son fiestas y ella las vive como tales.

«¿Y a dónde vas ahora tan arreglada?», me pregunta y sigue: «Ve a mi tienda, tengo unas pashminas preciosas. Compara los precios. Ve, mira. ¿La próxima semana? No. No dejes para la semana que entra lo que puedes hacer hoy. Anda, ve, para que te la pongas mañana. ¿A dónde dices que vas?».

Ya ni le explico demasiado. Somos contertulias en el tinte de pelo y el peinado y las uñas desde hace un rato, pero como ella no lee libros, al menos no los míos, lo que la ha divertido de mi persona en los últimos tiempos es el asunto de la película.

«¿A la Feria de Guadalajara? ¿Vas a llevar la película? ¿No?»

«No señora Fifí», le cuenta mi comadre, que es mi comadre porque soy madrina de quince años de su hija Andrea, «la Mastre ahí va para lo de los libros». «Ah», dice Fifí, «pues córrele. ¿A qué horas sale el avión? ¿Hasta mañana? Ah, bueno, hasta mañana. Entonces ¿por qué no vas ahora a mi tienda?».

Fifí no confía en que iré un día. Pero un día iré. Por lo pronto me preocupa que alguien más vaya a la «estética» de Ofelia, porque según parece la crisis está atentando contra la estabilidad de su negocio. Hoy no fueron ni la licenciada, ni la arquitecta, ni la contadora, ni la magistrada, ni siquiera una despistada ama de casa urgida de pintarse las canas antes de la boda de su sobrina. En esa hora y media no hubo nadie más que Frida y yo. Supongo que todas llegarán entre el lunes y el veinticuatro. Ojalá. Por lo pronto el salón está vestido de Navidad, esperándolas. «Ofe, ¿y cuándo y dónde compró usted tantos arreglos?», le pregunto. «En el Sam's, Mastre, los tengo desde que salieron en agosto.» «¿En agosto?»

¿La Navidad empezó en agosto? ¡Qué locura! A mi vida le falta tanto para que llegue la Navidad y tanto me ha pasado desde agosto que no tengo ni para cuándo pensar en el árbol, las coronas, los moños, las esferas, el bacalao, las velas, el pavo, los polvorones y el ¡año nuevo! ¡Dioses de la redacción! ¡Qué lejos queda el año nuevo! Y qué cerca.

16

Un oboe, cuyo sonido inventó Morricone, anda en el aire de mi estudio. Y es de noche.

Una tristeza tenue me descobija. No tengo motivos para estar triste. Viene la música y consuela. La vida es buena conmigo, pero aún siento cerca la ausencia de mi madre. Tengo ahora el desamparo de otra Navidad sin su aliento. A mi madre le gustaba la Navidad. Y el gusto por estas fiestas es algo que se aprende en la infancia y del que no se abomina más que si uno es ingrato. A mí me encanta la Navidad. Llevo cantándolo desde siempre, pero nunca de modo que sea posible convencer a todos los que me rodean de que resulta bueno cualquier pretexto para quererse y de que este pretexto del fin de año es aún más bueno que muchos otros. No hay razón para la tristeza.

En la mañana mi hermana me participó que en Puebla no había castañas por ningún lado, que su marchanta le había contado que son importadas de Chile y que este año no llegaron.

Movida por un empeño propio de causas mayores me lancé a la ciudad, aún inquieta, con objeto de encontrar las castañas para el puré que se sirve con el pavo y que a mi hija, a mi sobrina, a mi hermana y a mí, nos gusta más que el pavo. En la mañana había preguntado a quien quiso oírme si había visto castañas en alguna parte. Y nadie. En diciembre México es el país de las naranjas, las cañas de azúcar, los tejocotes, los cacahuates. ¿Pero las castañas? Las castañas son un asunto de otros inviernos, las extrañamos sólo algunos locos, algunos medio-descendientes de italianos o españoles que por más benditamente mezclados que estemos, aún llevamos en una que otra célula, pero con arraigo, la memoria del aroma a castañas tostadas en el fuego.

—¿Así que eso se come? —preguntó un día don Lino—. Pero si sabe horrible —dijo.

Y ¿cómo no? Había probado una castaña recién salida de su cáscara: cruda, tiesa, fría. Tuve que cocinarla con leche y dársela a probar a ese hombre perspicaz y honrado que tantos años trabajó en mi casa para que me creyera que semejantes semillas resultan comibles. Son frutos, no semillas. Pero parecen semillas. Las castañas. Las doradas castañas.

17

Hay de hambres a hambres. La mía fue tonta y revocable. Pero es de ésta que supe, por eso de ésta cuento.

Como mis horarios eran impredecibles y aquel sería un fin de semana largo, el día anterior compré un boleto para las cuatro y otro para las seis. Llegué a tiempo al de las cuatro y subí a buscarme un lugar en las filas de en medio. Cada quien sus manías.

Dejé mi bolsa, con el dinero dentro, encargada con quien sería mi vecina de viaje, y corrí a devolver el boleto de las seis.

Es al pensar en la continuación de esta memoria que me digo y les cuento: yo nunca me permito un hambre que no pueda saciar. Sé que en nuestro país sólo decir esto causa vergüenza. Más aún si hubo días en los que una tuvo hambre por puro ser idiota. Mientras había, y hay, quienes no comen porque no tienen qué, había y hay quienes hacen dietas tontas con las que se lastiman y atarantan. Así que empiezo este desvarío con una irrevocable sensación de culpa.

Eran los tremendos setenta. Como es ahora el dos mil algo y hay quien sigue en lo mismo.

Entonces, donde yo tenía la cabeza, había que ser flaca y de preferencia medir uno setenta. Ninguna de las dos cosas fue lo mío. Y tratar de vivir sintiéndose inadecuada era para mí una novedad, porque yo había crecido, apacible, en un cuerpo de niña delgada sin esfuerzo y sin que se adivinara bien que nunca tendría la altura de mi madre.

No acabo de entender por qué en mi familia materna se le daba tanta importancia a la altura. «Ninguno de mis yernos está de aparador», decía mi abuelo, que fue guapo hasta la mañana de su muerte e implacable para juzgar a los demás. Era incrédulo como las montañas, pero estaba seguro de que sus hijas eran tres bellezas casadas con hombres de aspecto regular. El menoscabo de mi padre era ser chaparrito. Y, peor aún, heredar su estatura. Yo apenas alcancé el uno cincuenta y ocho. Fatal, porque estaban de moda los Beatles y esa moda quería que todas fuéramos como las novias de los Beatles. Altas. O como Jackie Kennedy. Delgadas. Tanto que hasta la pobre María Callas se tragó una lombriz y adelgazó treinta kilos. Quizás fue de ahí que se puso tan triste. Porque andar queriendo ser plana por delante y plana por detrás era y es un disparate en mujeres con proclividad a los pechos grandes y las caderas anchas. Dos virtudes que se apreciaban sobre cualquiera en la época en que las mujeres tenían que reproducirse pasando por todas la dificultades de una medicina sin antibióticos. Las flacas no sobrevivían. Y la gordura era hermosura.

En las novelas del siglo XIX la descripción de una mujer fea siempre empezaba con que se le veían los huesos. Twiggy, en la voz de Jane Austen, hubiera sido un esperpento. Pero todo eso cambió de una vez y no sé si hasta siempre. De ahí que ya en los sesenta las viejas fotos de mujeres en paños menores, pródigas y piernudas, se vieran como antigüedades que provocaban una mezcla de ternura y espanto.

Debió ser 1964 cuando a mi cuerpo le brotaron prominencias con las que me parecía imposible convivir. No se hablaba, como apenas hace muy poco, de la peligrosa anorexia. En cambio la gordura era sinónimo de horror y contra eso ya no había lucha posible.

No era tan socorrida la actual obsesión con el ejercicio, las verduras y las proteínas, pero que debía uno vivir en el empeño de no engordar ya estaba ahí, como una condena. Ni se diga a mediados de los setenta. Así que una servidora (me encanta el modismo que ha caído en desuso) se pasaba la vida enflacando y engordando según el devenir de sus emociones.

Hay quien adelgaza con las tristezas y quien las acompaña comiendo en pos del refrán. Yo era de estas últimas. Todo episodio desafortunado terminaba en tres meses de panes, azúcar y porquerías tras los cuales había que caer en privaciones de espanto. En esas épocas de insensatez, padecí, sin grandes resultados, todo tipo de hambres y de dietas. Sin duda la de mil calorías, ni qué decir la de cero carbohidratos, pero hasta una que llevaba las cosas al extremo de prohibir las cremas para la cara. Había la dieta de la luna y la de plátanos con leche, la de una cucharada con mantequilla de cacahuate en la mañana, un helado de vainilla al mediodía, y una taza de agua tibia en las noches. Había la de sólo lechugas, la de piña, la de apio y piña, la de apio, perejil, nopales y piña, la de aire. Tonterías. Duelos y quebrantos que sólo llevaban a cometer nuevas estupideces.

Luego de decir esto vuelvo a la tarde en que bajé del autobús de las cuatro para cambiar el pasaje de las seis por el dinero que había costado. Llevaba dos semanas en la dieta más negra de cuantas se me ocurrieron. Había perdido seis kilos en doce días. Corrí a la ventanilla de cambios, pero aún no llegaba a cambiar el boleto cuando el autobús arrancó sin mí. La terminal del ADO estaba a una calle del entonces cochambroso Monumento a la Revolución. Era una sala que recuerdo pequeña, porque siempre había multitudes cruzándola, con un piso de granito que alguna vez habrá sido blanco pero que siempre estaba tan gris, con el ir y venir de cien mil pasos diarios, que daba miedo mirarlo. Aun así, cuando vi desaparecer el autobús que se fue con mi equipaje dentro, dejándome en el despoblado de un fin de semana sin más destino que el de seguir en el hambre de una dieta imbécil, me senté en ese suelo a llorar como si hubiera perdido una patria. Comiendo tan poco había conseguido desordenar tanto mi ánimo que ya no sentía hambre. Nada más una desolación propia de la orfandad. Y lloraba como sólo se lloraba ahí, sin que a nadie le importara en lo más mínimo.

Por fortuna, pienso ahora, porque si alguna alma caritativa hubiera reparado en mí, me habría yo visto en el predicamento de explicar lo tres veces tonta que estaba siendo. Mal enamorada, distraída y hambrienta. Dos equívocos completos y una pésima elección. Que no me quisiera el hombre que creí el de mis sueños: mala fortuna. Que me hubiera dejado el autobús: pésima fortuna. Pero que anduviera medio muerta de hambre pudiendo comer como se debe, sí era para molerme a palos. Así que no dejé de llorar, sino hasta que, poco a poco, dio conmigo la cordura. Aquí te quedas, le dije al mal juicio. Y me levanté.

Entonces la ciudad no era para mí el hogar que es ahora, pero me alcé como si lo fuera. En la bolsa del pantalón llevaba un peso, y entrando a la terminal había un puesto de dulces. Allá, como primera cura, compré un mazapán de harina, azúcar glas y cacahuate. Me lo comí en dos mordidas. Creo que recuperé tres kilos por bocado. Así eran esas dietas, una vez rotas no había manera de zurcirlas. Luego me hice del único boleto que encontré. Saldría hasta las diez de la noche, porque mientras lloraba mi carencia perdí toda oportunidad de viajar antes. Caminé sin un centavo y al rato volví a sentirme en las tripas de un náufrago. Toda la carretera me duró el hueco de insensatez en el ombligo. Cuando llegué a Puebla sonaban las doce en el reloj de catedral. Confié bien: mi vecina de asiento había puesto mi bolsa a buen cuidado. No todo era desastre, tenía mi monedero. En la esquina de la Tres Oriente encontré un comal en el que hacían molotes de tinga. Compré uno y mientras lo comía, prometí no volver a tener hambre de aquel modo. Ni para verme como otros me querían, ni para que me quisiera quien no iba a quererme.

La tontería no viene en gotero sino en caudales. Cosa de permitirla un tiempo y cuesta desandarla. Pero lo pude hacer. Y heme aquí, deshilando esta memoria por si alguien quiere oírla. Nunca falta quien se mire en la voz ajena y encuentre en ella su propio equívoco. Si no hubiera perdido el autobús quizás habría perdido la razón. No se llamaba anorexia, pero igual se habría parecido. Bien le dice Borges al hambre: *Madre antigua y atroz de la inces-*

tuosa guerra. Borrado sea tu nombre de la faz de la tierra.

Quizás de todas las hambres, la intencionada es la más hija de una guerra incestuosa. La de uno mismo contra uno mismo. Borrado sea su nombre de la faz de la tierra.

18

Pasa el tiempo con tanta vehemencia sobre nuestro mundo que de pronto parece como si nos lo arrebatara. Que digan si no es así, los seis viajeros a los que cobijó una lluvia de gotas iluminadas sobre el mar de Cozumel. Volvieron hace no mucho, bautizados con esa luz y seguros de que no hay en el mundo mejor sitio para vivir que este nuestro país.

Una semana dentro de aquel ensalmo, rehusándose a todo lo que no sea aquel brillo, y cualquier espanto desaparece.

Anda en vilo nuestro paso porque la tierra se siente más dispareja que nunca. De un día para otro el desorden cambia de rumbo y cada nueva noticia embiste a la anterior, aun cuando cada rara dicha enmienda un agujero que dejó el día de ayer.

La vida pública, eso que está en el aire y que cada día entra con más intensidad por la ventana, bajo la puerta y desde el cielo, unas veces agobia más que otras. Patria se llama esto que vemos y nos aprieta, no siempre esto que repiten quienes la miran para contárnosla: en los noticieros, en los periódicos, en los estudios de quienes buscan entenderla con cifras, en la pura información de un boletín que avisa cuántos murieron dónde. No necesariamente quiénes, ni por qué. Un preso que ojalá y no hubiera nacido, veinte muertos para velarlos en una sola noche.

Patria: el lugar en que vivimos, al que tememos, que nos fascina. Patria, esta promesa que no acaba de cumplirse. Habría que ser López Velarde para llamarla «suave patria», para decir esta emoción sin mancharla.

Y nosotros, ¿qué hacemos? Yo divago y pregunto: ¿no era la patria el sabor de las cosas que comimos en la infancia? ¿Aquel hallazgo de Luis Cardoza y Aragón?

Cuesta vivir sin ver, como hacíamos entonces. Trato a veces de no tocar lo que hay afuera, de oír la música más sabia, y leer la poesía que mejor suena: *Luciente honor del cielo/ en campos de zafiro pace estrellas.* Góngora *dixit*.

Acabo así, de pronto, en un oboe del siglo XVIII y una rima del XVI, para sobreponerme a las balaceras que recuenta el día. Encuentro a Garcilaso de la Vega: *Yo no nací sino para quereros/ mi alma os ha cortado a su medida/ por hábito del alma misma os quiero.*

Voy haciendo un recuento: mi querida comadre Ofelia se casó, tras veinticinco años de espera, con el amor de su vida. La conocí porque su salón de belleza, pequeño y casual, abierto seis días de la semana, once horas diarias, queda en la colonia Cuauhtémoc. Y ahí vivía una yo que aún vive en mí, aunque ya no se note siempre. Mi madre lo descubrió un día en que paseaba a mi sobrina Daniela rumbo al zoológico, en busca de la mamá de Bambi. No había entonces más rifles ante nuestros ojos que aquellos que mataron a la pobre cierva que Daniela encontró en Chapultepec, de vuelta en la vida.

El pequeño postigo del salón se abrió para responderle a la señora Guzmán que sí, que ahí la señorita Ofe cortaba el pelo. A ella volvió unos días después. Cuarenta pesos cobraba mi comadre, en 1976. Al poco tiempo llegué a ese hueco del mundo. Y nos hicimos amigas. Hace treinta y siete años. Desaprendí a peinarme y toda la flojera que daban mis mechas quedó en sus manos.

A tan grato romance vino a ponerle trabas el señor don Villa, cuando hace casi un año se casaron, y él la llevó a vivir a Michoacán. Entonces, podríamos decir que *El agua clara con lascivo juego/ nadando dividieron y cortaron.*

El casamiento fue en una iglesia con modales de neoclásico actualizado. Yo vi las fotos despacio, lo que me hizo reconocer, tras el altar, a ese señor cura que entrevistaron cuando acabó la matanza en la plaza de Los Reyes.

Mi comadre, que se mudó a la «paz» de aquellos lares cálidos, que me había contado el resplandor de las flores en su patio, que por fin puede levantarse a las ocho de la mañana, al aire siempre cálido, luego de un largo rato de oír despiertos a los pájaros, vive nada menos que en el centro de ese huracán incomprensible. Ella que se fue hasta allá para descansar, para alejarse de esta guerra de mugre que es la Ciudad de México, de este trabajo que le tenía los brazos exhaustos, vive a dos pasos de aquel desastre. Y no piensa volver, porque según me dice, las balas no le quedan muy cerca.

«Haga de cuenta que yo vivo en Tacubaya y esto pasa en Río de la Plata», me dice tan campante.

Sin tráfico, yo hago cuatro minutos de mi casa a lo que fue su salón en Río de la Plata. Así es que ella vive a cuatro minutos de la plaza. Pero asegura que no está tan cerca. Dichosa sea su mirada sin miedo, bañada por la inocente certidumbre de que la belleza, el verde y cálido monte cercano a su casa es un ensalmo. *¿Qué me queréis caballero?/ Casada soy/ marido tengo. Casada soy/ por mi ventura.*

No sé a dónde me dirijo yo con este cuento, pero dice una bienquerida politóloga que ella ha aprendido a leer en este andar a tientas. No voy a ningún lado. Voy haciendo el recuento.

En Puebla se promulgaron dos leyes de apariencia sencilla: una castiga el maltrato a los animales, la otra prohíbe el uso de pendones para pedir el voto y hacer propaganda política. ¿Cómo no ir a encontrar estas rimas cultas, exageradas, gongorismos? *Repetido latir, si no vecino,/ distinto oyó de can siempre despierto/ y en pastoral albergue, mal cubierto/ piedad halló, si no halló camino.*

Gabi estudia para maestra en Zitácuaro. Al salir de la universidad encontró a Diego, su hijo, fuera de la escuela. Los habían sacado porque oyeron tiros. ¿Qué hizo Gabi? Tomó al niño de la mano y se fueron a su casa, como si nada. Tan tranquilos. Pensando en que si el padre de Diego volvía de Estados Unidos, a la mejor, para bien de él, quién sabe si para mal de ellos, lo recibirían. Dice ella que por su casa, hasta para abrir un negocio de hilos hay que pagarles a los criminales, hasta las que venden tortillas tienen que dar cuota. Por todos lados están. Pero no hay tiros, se consuela. Hay de todo, pero no hay tiros. Así que dice, sin alardes, que ahí aún hay paz. La oigo hablar y voy al diccionario: *Antítesis es el recurso estilístico que consiste en contraponer dos sintagmas, frases o versos, que expresan significados opuestos.* Góngora era el rey de estos juegos. Le hubiera gustado Gabi, que es una contradicción en sí misma.

Tantas cosas suceden que conmueven.

Unos novios tuvieron a bien casarse, en Tlayacapan. Se veían dichosos de tal modo que hasta quien dijo que jurarse amor eterno es tentar al destino aceptó como un acierto el desafío. Y hubo mesas largas con bancas a los lados, botellas con flores puestas como al pasar y banderas de papel picado moviéndose con el ruido de la música tecno, a la que no entiendo, pero bajo la que conversamos hasta la medianoche, mientras los jóvenes brincaban su juventud sobre nuestras palabras. *Youth is wasted on the young,* nos había dicho una joven linda y lista, esa misma mañana riéndose de la cita y de sí misma.

La juventud está desperdiciada en los jóvenes. Lo escribió Bernard Shaw, que no sé cómo es que vino a aparecer en mitad del Siglo de Oro y del país que a veces se ve en llamas y a veces es pradera. Árbol testigo, como éste que ahora miro. Góngora es un antojo a cualquier hora. Aun si peleaba con Quevedo a quien tanto queremos. Góngora y don Francisco son dos sintagmas que uno asocia y quiere, sabiendo que se odiaban.

Mal te perdonarán a ti las horas/ las horas que limando van los días/ los días que royendo están los años.

Pasa el tiempo y levanta nuestro arrojo. No hay que temer al ahora aunque dé miedo. Es mucho lo que pasa que no es malo. En todas partes, como antítesis, hay gente buena. Bien nos perdonarán las horas.

19

Saben quienes no deberían, que yo gusto de perder el tiempo. De ahí que lo deje ir entre conversaciones, dichas y quebrantos, como si me sobrara.

¿Será porque hubo años en que viví de prisa que, ahora, aunque me queden menos estaciones, las despilfarro más?

Tuve muchos lustros de andar carrereada. Me río de mí cuando recuerdo cómo me apretaban las horas entonces. A dónde vas tan corriendo, decían mis zapatos, si todo ha de llegar.

Por principio, a mí no me gusta la segunda intención de tal pregunta, en cambio, aún me divierte correr. Aunque sólo sea para desperdiciar con más soltura. Así que vuelo a comprarle un regalo a mi amiga Lilia. Decido, pago y ruego que lo envuelvan, mientras me sostengo en puntas, con actitud de urgencia. Después bajo las escaleras eléctricas, cruzo a mil por la zona de cremas y perfumes, llego a la puerta, la atravieso en vilo y suena la sirena intermitente que avisa de los robos. Doy la vuelta.

No espero a que me llame la solemne mujer vigía, entrenada para desconfiar de las confianzudas. «Han debido dejarle la pinza de seguridad», explico. Ella, tan amable como recelosa, me pide la nota. Le digo que la dejé arriba, con mis amigas de ventas, para que ellas sacaran la factura, porque ando corriendo.

Ella levanta los hombros con cara de ¿y a mí qué? Usa un aparato con el que se comunica a la zona de abrigos para dama y la pobre Mónica baja en suspenso, nota en mano. La vigilante la mira y sí. Sí es la nota, pero ¿en dónde está la etiqueta con el precio? Se la quitaron porque es regalo y yo no quise traérmela. No se necesita para cambiarla, pero sí para confirmar el código. Y otra vez a correr. Ahora baja la niña de envolturas que por mi dicha no ha tirado la etiqueta. Se destraba el entuerto y vuelvo a la rapidez. No para ahorrarme tiempo, sino para recuperar un poco del que necesito para seguir perdiéndolo.

Más adoradas cuanto más nos hieren/ van rodando las horas/ van rodando las horas/ porque quieren, escribió Renato Leduc a quien siempre recuerdo a propósito de lo que sea. Ni se diga del tiempo y el mejor modo de bien gastarlo.

Hubo muchos años en los que importaba contar con el reloj para mil cosas más que para no perder el avión. Entonces yo iba rodando por las horas. Les ganaba. Amanecía con despertador. Cosa que ya no haré jamás, lo he jurado sobre las tablas de la ley del pasmo. Pero esos días yo andaba en la universidad de siete a una y en la subdirección de la *Revista Siete* de tres a diez. Aun así me alcanzaba el tiempo para enamorarme a lo idiota y, con frecuencia, ir a Bellas Artes los domingos y a la Filarmónica de la UNAM los viernes. En los entretiempos militaba en la Unión de Periodistas Democráticos y escribía en el periódico de las tardes. Iba a Puebla. En algún momento tuve la beca del Centro Mexicano de Escritores y encontré espacio hasta para cantar, a media calle, el «Dúo de los paraguas» con uno de mis colegas.

Ni uno, de entre los cinco becarios de ese año, escribió el libro prometido. Eso sí, con el tiempo, todos escribimos algún otro. Pero bajo semejantes maestros, al año de oírlos nos quedamos mudos. ¿Quién podía escribir para leerle a Juan Rulfo? ¿Con qué valor? Si ya todo estaba dicho. Mejor ir con él por la merienda cuando terminaba el coloquio y eran las siete. Apenas. Bendita pérdida de tiempo la de aquel año. Aunque de noche tuviera que rodar por el horario de la luna inventando la tarea. Horas doradas. Pero no más que las de hoy. Sólo tenemos el presente, aunque a veces nos dé miedo mirarlo.

En 1974 vino el trabajo de tres a diez, y la cómplice autoridad de Gustavo Sainz, mi maestro de literatura, el que descubrió que yo inventaba las entrevistas y las crónicas que él pedía en su clase. «¿Y por qué no te cambias a estudiar letras?», me preguntó sin tener la menor idea de la orfandad reciente en que yo anduve. Se lo conté, porque yo todo contaba. No como ahora, que sólo cuento casi todo. Ni se diga lo que recuerdo, que cada vez es más y en más desorden. El otro día, hablando de los sentimientos encontrados que pueden provocar los agentes del orden, también llamados policías, recordé una mañana de hace como treinta y dos años.

Los viernes a las ocho, en el Canal Once, grabábamos una revista con noticias y comentarios que se llamaba *Así fue la semana*. Yo salía rumbo a las instalaciones del Politécnico Nacional por ahí de las siete. Vivíamos en la ahora célebre y entonces decadente colonia Condesa. Nuestro edificio no tenía ni elevador, ni lugares para estacionarse. Así que dejábamos el coche en un inmueble medio abandonado que había construido el director de cine Gustavo Alatriste para ponerle abajo un cine y arriba unas oficinas. El cine ahí estaba, pero las oficinas aún no tenían uso y en cambio había un estacionamiento de varios pisos. Ahí tenía yo que pedirle el coche al señor que dormitaba friolento dentro de una cabina, y esperar a que él tomara el montacargas, subiera por el Volkswagen y bajara con él. Mientras, había que hacer antesala en esa especie de sótano gris que era el nivel de la calle a las siete de la mañana. Y ahí estaba yo un viernes, cuando de la nada salió una mujer enorme, gorda e intimidante que se fue sobre mí gritando: «Te voy a matar, cabrona, porque hoy todas las putitas de san Juan se vinieron para acá». Me golpeó la cara, me tomó de la melena y me hizo girar dos veces hasta que caí como un renacuajo en charco. Todo en veinte segundos. ¿Y la autoridad? Ninguna por ninguna parte. ¿Y el señor con el Volkswagen? Menos. Se acababa de ir.

Vivíamos en la calle Cadereyta, una que va de Tamaulipas a Nuevo León. Corrí. Vestida para la tele, recién planchada y con unas cuartillas en la mano llegué hasta la patrulla estacionada tres calles adelante, sobre la avenida en la que entonces sólo había una taberna y no treinta. Les conté a los guardianes lo que pasaba, describí a la mujer, dije lo que me había hecho, su aspecto de loca y la suerte de desesperación en que se le veía. Ellos me miraron compadecidos pero sin moverse del asiento seguro, dentro de su patrulla. «Uy, sí —dijeron—. Esa vieja está peligrosísima; nosotros la habíamos subido aquí atrás pero apenas la bajamos porque nos estaba pegando. Pateaba y traía una gritadera que mejor la dejamos ir.»

No me acuerdo ni qué les dije. Todavía estoy adivinando lo que debí decirles. Sé que corrí sobre mis pasos. El encargado del estacionamiento había bajado mi coche y estaba dentro con expresión de

¿y ahora qué hacemos? Abrió la puerta del copiloto y yo entré volada. La mujer se quedó al fondo del sótano en busca de un palo. Eso me dijo el hombre que tampoco pensaba volver sino hasta que viniera alguien a llevársela porque, dirían los policías, estaba peligrosísima. Pero alguien, ¿quién? Si la policía andaba huyendo. Tendrían que ser los de algún manicomio, pensé. Salubridad siempre sabe más que seguridad. Los llamaría al llegar al programa. Era tardísimo. Y yo tenía que leer un comentario sobre el derecho de las mujeres a la reproducción elegida. Asunto del que tres décadas más tarde seguimos hablando. Así que a correr.

20

Uno vive en su casa, habituado a la paz de los objetos que mira en un lugar o en otro, moviéndose fuera de lugar, dejados al paso, escondidos sin querer. Sube y baja, corre, escribe, se cansa y las cosas siguen ahí, mirándonos. Se acostumbra uno a ver unos aretes sobre el escritorio, una pluma cerca del lavabo, una silla de abajo en un cuarto de arriba. El banco para subir libros frente al armario en que se guardan las películas, las cosas que fueron hechas para no estorbar, estorbando en silencio.

Así, hasta que algo amenaza con intervenir el pacífico desorden entrando a poner un orden nuevo. O simplemente llegando, como sucedió ayer con la irrupción de un nuevo mueble en mi recámara. Mandé a hacer un librero a la medida de mis medios, que pusiera orden y reuniera, en uno, los varios muebles de distintos tamaños que había por la recámara acumulando una época sobre otra. Lo mandé a hacer hace tiempo, pero el maestro carpintero había tardado tanto en entregármelo, que me hice al ánimo de no verlo sino hasta un rato después de haber vuelto del hospital con el pie de Cenicienta en mi futuro. Pero se ve que el maestro intuyó mi probable desaparición del mapa porque se presentó ayer con el armatoste y todo lo que significaba dejarlo entrar. De repente hubo que vaciar medio cuarto y dejarle amplio sitio a la fantasía. Yo no sirvo para seguir la máxima italiana de que simpleza es belleza. Crecí en un mundo barroco y por más que me he ido despojando de mis pertenencias nunca falta una cajita, un portarretratos, un objeto encimándose a otro. En mi casa de antes eso estaba siempre de menos; en ésta de paredes altas y lisas, las cosas pequeñas no encuentran acomodo. Así que llevo diez años haciéndome al ánimo de tirar o esconder. Tengo una colección de platos que no ha encontrado acomodo. Está guardada en un ropero que puse con plantas en el patio interior. Pero ése es otro canto; estábamos en que llegó el librero de pared a pared y de piso a techo. Muy moderno y sencillo pero sin mucha imaginación. Todavía estoy haciéndome al ánimo de entenderle. Esto del minimalismo no es lo mío, pero ya veré.

21

La vida de las cosas que ahí están, sin decir casi nada, se revela de pronto como algo sustancial. Todos los muebles tienen perillas, manijas, abrazaderas. Y a diario las usamos como si no existieran, porque son imprescindibles, pero mudas. Para abrir un cajón basta jalarlo de un pestillo al que luego nunca le damos las gracias por ayudarnos a entrar en el secreto de los sitios que guardan nuestras cosas.

Uno compra un mueble y quizás dos segundos piense en sus herrajes. Piensa si el todo le gusta o no, pero no se detiene en los detalles. En cambio, uno se hace un mueble, mejor dicho, el maestro Cristóbal me hace un mueble y yo tengo que buscar las perillas, abrazaderas o como se les quiera decir a las pequeñeces alargadas, redondas o cuadradas que harán posible acceder a los cajones. Buscarlas cuando ni siquiera sé en qué lugar se buscan.

Me dijeron que en la calle de Observatorio y allá fui como quien va a primero de primaria.

Por la estrecha ventana de una tienda pude ver unas cuantas manivelas. Llamada por esa breve insinuación del paisaje urbano, entré a una tienda que abre su boca por una puerta estrecha y luego se desenvuelve en pasillos repletos de herrajes para todos los gustos, todas las necesidades, todos los presupuestos y todas las dudas.

Ya no le entiendo bien al diseño de estos tiempos. He tratado de entrar a la sentencia de que «simpleza es belleza» pero me cuesta, porque vengo de un mundo de bazares, macetas y vajillas con dibujos apretados, iglesias barrocas, jardines desbordantes, bargueños de marquetería y objetos encimándose en las vitrinas.

¿Cómo abandonar todo esto sólo porque la moda de diseño se ha convertido en una mezcla de antiguo gusto japonés por la nada y nueva entelequia italiana que al tener tanto ya todo le estorba? No sé. El caso es que resulta cierto que para convivir con una televisión lo mejor es un sencillo mueble de madera al que casi no se le vean los herrajes. Y que aceptando semejante verdad yo dejé a tientas mi recámara hecha una minusválida con escasos muebles a la medida, a los que todavía les faltaban las manijas.

«Van a estar bien cuando se puedan usar», dijo el señor de la casa. Y tenía razón. Así que como si no hubiera suficientes pretextos para abandonar la literatura en mejores manos, una mañana se me fue en decidir con qué abriré a diario los cajones. He de encontrar unas manijas, pensé, que al mismo tiempo sean discretas, elegantes, duraderas, hospitalarias, casi invisibles, pero útiles y bonitas.

Con esa certidumbre entré a la tienda y, frente al aparente infinito, me asusté. Adentro una colección desparpajada y parlanchina de carpinteros, maestros de obras, arquitectos y decoradores pedían a gritos doce de la 2421, o quince de B400-7. Todo el mundo sabía su juego menos yo. Parada en medio de ese universo de creaciones extrañas, de esa multitud de pequeñas cosas dispuestas a ser útiles, fui una completa inútil. Anduve entre los bastidores manoseando cositas, tratando de imaginar qué combina con qué, asustándome con mi ineptitud. Y cuando estaba a punto de huir como de un crucigrama indescifrable, apareció la bondadosa Lupita. Una muchacha empeñada de tal modo en que algo de todo eso me sirviera, que me acompañó por la tienda enseñándome en dónde estaban las redondas, en dónde las de acero inoxidable, en qué escondido armario las alargadas. Y así, hasta que tras muchas vueltas di con una suerte de botones plateados de los que cuelga una tira de cuero. ¡Italianos! Un aire de victoria envolvió mi paso y salí a la calle feliz.

Me despedí de Lupita prometiéndole un libro y mientras volvía a mi casa, recordé lo que dice el sabio Howard Gardner, creador de la teoría de las inteligencias múltiples. La inteligencia de Darwin

—ésa que sabe elegir, clasificar, decidir qué va dónde y con qué—, también es la de los compradores. Yo no la tengo muy aguzada.

Sin duda separar una especie de otra no hubiera sido lo mío nunca. A mí, si de elegir se trata, que me paren en una tienda de sinónimos, en una de metáforas, en otra de adjetivos y en la más exquisita de cuántas haya: la de los sustantivos. Ahí también me pierdo, soy indecisa, impuntual, trastabillante. Pero ahí sé de qué se trata el juego, ahí sí que tengo claro cuáles perillas quiero. Aunque no las encuentre. Igual me decepciono y soy inútil, me da miedo y gasto el tiempo, pero sin duda me divierto siempre y por más perdida que me encuentre sé que no quiero salirme de la tienda. Quiero quedarme ahí, pasmada, inerme, voluntariosa y ávida, en el único sitio repleto de imposibles que me gusta como ningún otro: el de las palabras.

22

Cierro los ojos buscando en mi cabeza el nombre de un pueblo que me urge recordar: Xalacingo, Tlatlauquitepec, Xonaca, Cuetzalan, Zacatlán, Uruapan, Amozoc, Contla, Temisco pasan dejando el aliento que trastoca la rara mezcla de sus consonantes. No es ninguno de esos pueblos el que necesito, ninguno de esos nombres, pero así nos sucede, buscando una rareza encuentra uno otras.

23

Estuve en Puebla dejándome tomar por una batalla de sentimientos encontrados que ganaron sin más, como en un vértigo, los mejores recuerdos y la clara compañía de mi hermana, sus hijas, mi hija y la letra de mi madre diciendo: «Las quiero aunque no siempre las entienda». Semejante sentencia, escrita en un cuaderno que también tenía cuentas y listas de lo que debía comprar en el mercado.

No le gustaba mi falta de fe. Tenía razón. ¿Qué más hubiera yo querido que dar con la fácil fe en el Dios de la infancia? Esa fe que, en los últimos tiempos, ya no vimos ni en ella.

Llegamos ayer a la comida.

Con las piernas bajo la mesa recontamos la semana y dispusimos la conferencia. La sopa de hongos y el pollo al chile piquín corrieron por cuenta de Mateo que se ha vuelto un experto en leer el recetario de su abuela y acordar con Juanita qué, de todo, se lleva a la práctica. Juanita no se caracteriza por su buen carácter, pero sí por su deseo de cocinar como si mi mamá aún siguiera examinándola. Quizás por eso nos recibe siempre con su voz llena de disonancias diciendo cosas como: «Hace rato pasó la señora, clarito la vi con su chal blanco, se ha de andar despidiendo, porque mientras sigan ahí sus cenizas no creo que descanse. ¿O *usté* cree que descanse?».

Como si nos hiciera falta semejante pregunta. En efecto las cenizas de mi madre siguen, junto con las de mi padre, esperando que las pongamos bajo un árbol del jardín. Aún no sabemos cuál, por más que van seis veces que decidimos para luego cambiar nuestras cabezas y creer que no lo hemos decidido. Como si hiciera falta la pregunta. ¿Descansa mi madre? ¿Descansamos nosotros?

Si descansa mi padre no nos lo preguntamos porque, como él murió hace treinta y siete años, hemos trajinado tantísimo su recuerdo que es de suponerse que de tanto cansarlo ya descansa.

Comimos pensando que él decía eso que dicen los italianos, eso de que no se envejece durante el tiempo en que tenemos las piernas *«sotto tavola»*. Marce, nuestra prima hermana, trajo para el postre unas galletas de chocolate, su sonrisa tenue, su infancia y la nuestra, su valor y su estirpe.

Y ahí estuvimos hasta que el horario nos empujó a la ciudad cuyo patrimonio pretendemos conservar, Puebla y sus ángeles.

Llegó la conferencia. De ahí nos fuimos a una exposición de pintura en la que había unos cuadros de Verónica. Hay sobre todos un volcán en amarillos y plata que al mismo tiempo me regaló y aceptó venderle a nuestra amiga Elena. No sé cómo serán posibles las dos cosas, pero ella las hará posibles diciéndole a la perdedora: «Aich, te hago otro». Y lo hace. Ella pinta jugando y cuando juega a pintar, pinta sueños.

Cuando ya era tan noche que la basura empezaba a crecer en las calles, volvimos a casa de mi mamá a comer tamales con los hijos y las hijas. Conversamos. Comimos. Criticamos. Comimos, conversamos, criticamos, recordamos, nos reímos, conversamos y les convidamos tamales a los perros, quehacer muy indebido según las expertas en cuidado dental canino que son Daniela y Lorena. Luego, la noche se deshilvanó tanto como nuestra conversación y las dejamos irse. Ni modo, se fueron a dormir a su casa bajo los volcanes y dejaron a Catalina conmigo tratando de dormir en casa de mi madre. Nada fácil aún, debo aceptar. Dormir en casa de mi madre, sin mi madre.

24

Me he sentado bajo un almendro a ver la puesta de sol.

A veces, desde lejos, pienso en cómo será la tarde que no estoy viendo en Cozumel.

Siempre me ha dolido y me fascina saber que el mundo al que amamos está vivo, continúa siendo bello cuando no lo atestiguamos. Así, como la he visto ahora, la imagino cuando la tengo lejos. Sin embargo, nunca es igual el sol yéndose tras el horizonte.

Ahora pintó el agua de naranja un rato largo, luego se fue tras unas nubes y dejó un rayo plata dibujado alrededor de una grande. Así fue bajando el calor y el aire pasó de ardiente a tibio. Cuánto me gusta la calidez de este lugar. Este clima húmedo, despeinándome, pegándose a la piel como la juventud. ¿Cómo se envejece aquí? Yo aquí envejezco a saltos. Hace unos años todavía me atreví a bucear, ahora ya no.

En la mañana anduve hundiéndome en la playa, caminé junto al arrecife, ni siquiera me eché ahí con una escafandra porque como mi cónyuge no soporta ni el sol, menos el agua salada, anduve sola mientras él leía y sola no me atrevo ya a andar entre las piedras picudas, cuando frente al mar hay una bandera roja. Mejor en la playa suave, aunque no pude ver los peces. No importa, los imaginé, como imaginé al sol bajando tras la nube hasta que volvió a aparecer. Puro lugar común se me antoja decir para contar este sol, aunque les juro que cada vez que paso por un espectáculo como el de hoy en la tarde, por dentro me suceden cosas nuevas que querría yo decir con la misma novedad con que las siento.

Voy a pasar varias noches aquí. Este lugar está bendito. Mientras veía ponerse el sol recordé una vez, hace años, en que tomé fotos de mis hijos haciendo machincuepas en esta misma playa, contra un sol al parecer idéntico, pero sin duda abismalmente distinto. No sé cuántas temporadas serían, quizás no demasiadas, nunca las que hubiera querido, pero sí las necesarias para sentir que ésta es también mi casa. Y de qué modo.

25

Brillando en una maceta, encontré un trébol de cuatro hojas. Estaba ahí, con la cabeza levantada entre los demás. Dicen que por cada trébol de cuatro hojas hay diez mil de tres. De ahí viene la leyenda que los considera de buena suerte. Lo corté antes de que lo rompiera la lluvia y lo puse entre dos cristales. Más para tenerlo que para esperar una mejora en mi fortuna. Ya vivo agradecida con tanto bueno. Sólo me lastima la muerte, y contra ella no hay trébol de mil hojas que pueda. De todos modos, lo puse a predominar en mi librero hasta que mis sobrinos quisieron un hijo que no encontraban y lo buscaron en una probeta y con muchos trajines. Dado que, tras algunos irresolutos desfalcos familiares, su tía no tiende a confiar ni de chiste en el célebre Señor de las Maravillas, al que se venera en el coro bajo de la iglesia de Santa Mónica en la Puebla de los Ángeles, ni en el Niño de Atocha, el bebé peregrino con báculo, sombrero y sandalias de viaje, ni en San Charbel, el santo que suda, jugamos a confiar el asunto al trébol que si no da vida al menos la trae dentro.

Total, con los tréboles se puede creer en la prestidigitación y cuando no funcionan no hay rostro con el que disgustarse. Ni teología que se desprestigie. Ni veladora que se haya malgastado, ni derrota que se deba a la desfachatez de un santo distraído. Les presté el mío por un rato y gracias a los raros adelantos de la ciencia mi sobrina se hizo de dos embriones que retozaron y crecieron en su barriga durante ocho meses, al cabo de los cuales nacieron dos niños.

Justo antes de tan sonado milagro, el trébol de cuatro hojas me había dado un disgusto. Quizás se molestó porque no encomendé a sus delirios la aparición del buen sol sobre el campo de mayo, pero cuando volví de perseguir a los volcanes y bien casar al hombre más noble que existe, encontré vacío el espacio entre los dos vidrios. Del trébol ni una hoja, ni el largo rabo, ni el rastro. Alguien lo tiró, pensé agraviada. Y nadie me lo dijo.

Pregunté. Ni quien supiera nada, ni quien quisiera darle a las cuatro hojas algún significado. La fe, la salud, la prosperidad y la buena fortuna que le confieren los cuentos de hadas a un trébol, como el mío, habían desaparecido. Me callé la pérdida hasta que vi a los dos niños brillantes como vivos eternos, como tréboles de cincuenta hojas. Entonces volví del hospital a contar la desaparición. Tanto así que las quejas cayeron en los oídos de las altas autoridades de mi casa resumidas en el padre de mis hijos, porque ellos no estaban sino en sus lunas de miel.

«Ando furiosa porque se esfumó mi trébol», le conté como una niña robada.

Me gustaba tener ese juguete. A mí, que con tanta tranquilidad paso bajo las escaleras o me encuentro con gatos negros, que no llevo una pata de conejo, ni toco madera, ni cruzo los dedos, ni pido un deseo cuando se me cae una pestaña, ni creo que haya aviso de buena estrella en que me silben los oídos, me gustaba tener ese juguete. Iba a ponerlo de cabeza a ver si de alguno de mis diez prometedores principios puede salir una novela.

«¿No te acuerdas? Tú lo tiraste», dijo el historiador. «La otra noche. ¿No te acuerdas?»

Claro que no me acordaba. Sigo sin acordarme. No de un detalle, sino de toda una trifulca. Parece que en mitad de la noche desperté en busca de una jarra que dejamos siempre en el estante bajo el que andaba el trébol y que yo (¿yo,yo,yo?) lo tiré, me entristecí, desperté a mi pobre cónyuge, prendí la luz, busqué en el suelo, recogí los vidrios y por fin me dormí sin haber encontrado ni una de sus cuatro hojas, ni el rastro de su tallo.

Todavía sigo sin recordar siquiera un segundo de todo el percance. Si no fuera porque le creo toda novela al novelista con quien vivo, estaría segura de que tal cosa no sucedió jamás. Que fue Nefástulo, el gato del misterio criminal, o Mistoffelees, el mago de T. S. Eliot, quienes lo desaparecieron. Adivinar a qué súcubos, licántropos, dragones rojos, cíclopes, murciélagos, pegasos, duendes o tritones estaría yo culpando. Pero no, yo lo tiré y ni san Pafnuncio, ni san Antonio Abad ni san Pedro el ermitaño van a encontrarlo nunca.

Ateísmo burgués del siglo XIX, llamó Hugo Hiriart a la religiosidad en la que imagino vivir. No sé cómo apareció esta terminante descripción en el espléndido discurso en torno a la *Ilíada*, con el que entró a formar parte de la Academia Mexicana de la Lengua. Pero me sentí cómoda arropándome en semejante categoría. Hasta cuando me creo moderna soy anticuada. Esto de ser ateo viene del siglo XIX. Hasta del tardío XVIII. Mi bisabuelo liberal ya era obsoleto. Con todo, yo tengo mi fe. Creo en la madre naturaleza y en los seres humanos que son generosos y buenos. Ahí está el dios de esta atea. Creo en Elizabeth Bennet, en Úrsula Iguarán, en Isaac Dinesen. Creo en la Maga y en la valentía de Leonor. Creo que tiene razón Mateo cuando lo aflige que haya guerra en Ucrania, cuando dilucida que si aletea una mariposa en África, tiembla en México. Creo en Verónica cuando se niega a heredarles a nuestros hijos la mugre del río Atoyac. Creo en los trabajadores obsesivos, como Roberto, Kathya, Héctor y Catalina. Creo en los misterios del fondo del mar, en el cine, en la poesía del Siglo de Oro y en la del siglo XX. Creo en la memoria, en la escuela primaria, en el amor de los quince años y en el sexo de los cincuenta. Creo en las comedias musicales, las jacarandas y los rascacielos. Creo en el caldo de frijoles y el arroz blanco, creo en el horizonte y en que un día tendré más nietos. Creo en la música de Rosario, en las películas de Catalina, en el libro que me cuenta Mateo. Creo en las historias que Virginia trae del Metro, creo que tenemos remedio, creo en los lápices del número tres, en la punta de las plumas Mont Blanc, en la ciencia del doctor Goldberg, en la incredulidad del doctor Estañol, en los barcos con que soñaba una mujer frente a la bahía de Cozumel, en el perro volando que vio doña Emma en un ciclón, en la frente lúcida y la nariz perfecta de la antropóloga Guzmán, en la Sierra Negra cuando la recorre Daniela, en las mujeres que han llamado a su grupo «Los varitas de nardo» y son diez gordas reunidas para cambiar sus hornos de leña por unos que contaminen menos. Creo en el hipo con que mi perro anuncia que está soñando un vuelo alrededor del mundo, creo en el diccionario de la RAE y en las cartas que mandan mis amigos. Creo que aún camina bien mi camioneta vieja y que mis hermanos hicieron una empresa en donde había un sueño. Creo, ingenua yo, en que les irá mal a los malos. Creo en la luz de mi iPhone, en la cocina de mi abuela, en la esperanza de quienes, a pesar del miedo, siguen viviendo en Michoacán. Bendigo el correo electrónico, las orquídeas y los zapatos cómodos. Les rezo a las puestas de sol, a la vitamina B12, a mis rodillas y a las fotos de mis antepasados. Comulgo con quienes saben conversar, oigo misa en las sobremesas de mi casa. Soy una atea con varios dioses. Tantos y de tan buen grado que ahora, presa de la aflicción que es la desmemoria, voy a acudir al único dios de la trilogía de mi madre que me sigue pareciendo confiable: Espíritu Santo, fuente de luz: ilumíname. ¿A qué horas tiré el trébol y cómo es que olvidé tan memorable catástrofe?

26

En febrero aún hace frío aunque los fresnos empiecen a recuperar las hojas. Aún es principio de año, pero se siente ya que vamos tarde. Diré mejor, que voy tarde.

Me gusta cuando el tiempo se estira hasta perderse en un horizonte sin meses.

No sucede en febrero. El principio y el verbo todavía están muy tiernos y no hay a dónde arrimar el desgano. Cuando era yo chica —cuento ya demasiado ese tiempo, lo que revela la edad que voy cantando—, empezaban las clases en febrero. Y entonces este mes tenía una gracia que ha perdido. Terminaban aquí las vacaciones. Y había que ir a la papelería a comprar los nuevos útiles escolares. En febrero todo era libretas, lápices, cuadernos, libros, gomas, papel para forrar. De vez en cuando otra mochila. No para mí. Había hermanos abajo. Yo tuve una que me duró toda la primaria. Cuando la compramos era de una piel dura y clara que poco a poco se fue oscureciendo y ablandando. Ahora podría yo tratarla como una antigüedad, un lujo decadente y no una pena. Le podría yo amarrar un pañuelo fino y usarla para subir al avión con ella en la espalda. Tenía al frente una faltriquera, como para guardar cosas pequeñas. Ahí podría ir el pasaporte con el pase de abordar que ahora debemos ir sacando en cada puerta. ¿En dónde habrá quedado esa mochila? ¿Y las cuatro idénticas que usaron mis hermanos? Las habrá tirado nuestra madre en alguna de aquellas limpias que hacía justo en febrero. Le daba en este mes por regalar lo viejo. Pero hay que decir que viejo era sólo lo muy viejo. Ahora los niños estrenan y desbaratan una mochila al año. La mía duró seis. Y hoy me han entrado unas ganas de mirarla que si cierro los ojos aparece. Con las dos hebillas gordas que la cerraban. ¿Qué tendría dentro? Si fuera martes el cuaderno de geografía, el libro de historia. Clases de gramática y aritmética había siempre. Un cuaderno de rayas y otro de cuadrícula chica. Una felicidad la clase de gramática. Hasta la palabra me gusta. Y eso que no tiene diptongos. Para mí las mejores palabras tienen diptongos. Ellas han de saberlo, por eso aparecen con tanta facilidad. *Euforia, Emilia, sabio, fiera, cuita, patio, aire, bueno, diente, genio, jaiba, juego, cielo, Sauri.* ¿Se desbaratan los diptongos cuando llevan acento? Pocas veces. *Guía, capicúa, sombrío,* son diptongos. Y *armonía* suena suave como diptongo de vocal cerrada con vocal abierta. En cambio *muerte* suena dura como aquello que nombra. ¿Qué habrá sido de mi mochila? ¿En qué abrevadero acabaría? Igual y viajó hasta un triptongo, fue a dar a Cuautla donde mi abuelo tenía una pequeña huerta. Pudo ser huésped y sentirse huérfana, para seguir con los diptongos acentuados. Seguro anduvo rodando por otras casas hasta que nadie la quiso. ¿Cómo era eso de que dos vocales juntas que no hacen diptongo se llaman hiatos? ¡El ejemplo era poeta! ¿Qué habrá sido de mi mochila? ¿En cuál pausa, paisaje o magia se habrá perdido?

Yo salía corriendo con ella los viernes en la tarde. La dejaba en el suelo mientras tomábamos la clase de baile. Bien vio desde ahí mis pies moviéndose al mismo ritmo que los de mi hermana y mis primas. Los cuatro jinetes del Apocalipsis, nos llamaba mi papá. María Isabel, Alis, Verónica y yo. A María Isabel le decíamos Mayu. No sé por qué. Era aguerrida y fuerte. Morena y con la nariz respingada. Tenía la voz ronca y un aire de a mí no me importa que por desgracia fue perdiendo con los años. Quería que la quisieran. Y que su mochila volviera con mis calificaciones dentro. Se las habría yo dado. Total, tenía ya los diptongos y las esdrújulas. Me divertía la clase de gramática y a ella le daba igual. En cambio era buena para los deportes. Yo fui tan mala que avergonzaba incluso a mi mochila. En varios de esos juegos se extravió por un rincón hasta la hora de irnos. Dizque para no estorbar, pero yo la ponía lejos. Cuando la capitana de un equipo ganaba el derecho de elegir a su primera jugadora, lo que pedía siempre era no tenerme. Su poder de elección estaba antes que nada en dejarme fuera. En cambio a Mayu la llamaban siempre. Y allá iba, a saltos con su risa. Dejaba junto a mí su mochila igual a la mía. «¿Por qué no soy como tú?», decía una vez llorando cuando sacó tantos sietes que no quería volver a su casa. «¿Por qué no juego como tú?», le contesté sin consolarla. Evoco a Mayu temiendo, cuando era tan valiente. Hasta la punta de un árbol antes que nadie. Hasta aprender a enredarse los pañuelos de tal modo que nunca su cabeza fue tan linda como cuando la enfermedad le tiró el pelo. Eran iguales nuestras mochilas, teníamos la misma edad hasta hace poco, era febrero la vez en que le dije que no rezaba ya, como ella sí. Fumaba todo el santo día. Igual que su madrina y la tía Nena. Echó al aire un humo largo y amenazó: «Me moriré prendida de un cigarro».

¿A dónde irían a dar nuestras mochilas? La suya habría gritado no seas necia. Era más nueva que la mía. Nuevas se veían preciosas. No lo presumían al venderlas, pero eran biodegradables y no contaminaban. Viejas, arrugadas, tenían la dignidad de la experiencia. Ese bien que nadie quiere y que a todos llega. Nuestras mochilas se habrán vuelto polvo como tantos zapatos y tantos bien amados. ¿*Bien* es diptongo o es hiato? Diptongo. Una vocal cerrada y una media. *Bien* se deriva del latín *bene*. No era diptongo. Quedó mejor en español. Bien puede ser adverbio de modo, sustantivo y adjetivo. *Lo hace bien, es el bien mismo, estar bien*. Los bien amados, digo, se piensan tanto. Ahí *bien* es adjetivo. Porque *amado* es sustantivo. En *bien amar*, es adverbio. Pienso en los bien amados. Son muchos ellos y caben todos en la misma memoria. Como cupieron los pronombres en la mochila.

Para cuando entré a sexto, la pobre estaba tan gastada que yo le amarraba a un tirante el suéter del uniforme rojo y los llevaba a cuestas a los dos. Queriendo disimular a una con otro. Juntos están en mi memoria de los últimos días que anduvieron conmigo. En el febrero de mis trece años dejé de verlos. Entré a la secundaria y a los amores contrariados o exultantes, según el capricho de quien nos mirara. Entré a la ironía triste que rige los sonetos de sor Juana, a contar el despecho por Lizardo y el tedio con Feliciano. Entré al *detente sombra de mi bien esquivo*. Entré a lo que podrían considerarse los últimos días del febrero de mi vida si, como mi madre, consigo llegar a los ochenta y cuatro años. Lo sabe una regla de tres: digamos que si ochenta y cuatro años equivale a doce meses, ¿cuántos meses hay en trece años? Uno punto ocho ¿verdad? Las matemáticas no fueron mi fuerte, porque requieren un trato serio con la lógica, pero la aritmética sí. Podía verse. Lo de que no es posible sumar peras con manzanas resultaba aceptable, pero tomadas como frutas sí que podrían sumarse. Y como cosas que uno compra en el mercado, hasta con las calabacitas y las espinacas, el piloncillo y las veladoras deben sumarse.

Por estos días se compran muchas veladoras. El 2 de este mes es fiesta de la Candelaria. La gente lleva a bendecir cirios (otro diptongo), velas, candelas. La religión católica imagina que ese día, cuarenta después de nacido Jesús, lo llevaron sus padres a presentar al templo de Jerusalén. Semejante celebración se juntó en México con el inicio del año azteca y las ofrendas de maíz para Tláloc. Dicen que de ahí viene lo de comer tamales. Adivinar. También cuentan que ese día se apareció la Virgen de las Candelas. Una mujer cargando un niño y unas velas. Entonces había menos precauciones que en los cincuenta que sin duda tenían menos precauciones que en 2014. No sé si mi mochila de 1957 se permitiría en estos años. A la mejor sería sospechosa, sin duda haría mucho ruido al pasar por los arcos de revisión y siempre le sacarían la cantimplora con agua de jamaica porque cabría la duda de que llevara nitroglicerina en cantidades suficientes como para hacer estallar un colegio. Por lo pronto, febrero la ha traído, como una candela, a iluminar el negro de mis ojos cerrados, pensándola.

27

A veces el aire de los días se vuelve tan intenso que todo nos mueve a contarlos. Pasan las historias de prisa, encimándose, tamizando el ánimo con emociones encontradas. Cabe el cielo en un mes, pero entre una semana y la otra puede cruzar el infierno.

28

Cuando se alzó en el aire el pequeño avión en que salí de Cozumel, lo vi, desde arriba, tan suave, tan inerme, tan bello.

El pueblo está trazado a la orilla del mar que mira hacia el continente, hacia a la ribera que conocí tímida y que ahora se alza larga, larga, desde antes de Playa del Carmen hasta Cancún. Tan pronto estuvimos arriba, viendo las calles abreviarse y las playas crecer, el territorio verde hacerse grande hasta que la isla toda se veía de un lado al otro, no tuve tiempo de llamarme a la razón: cuando me di cuenta lloraba dos lágrimas gordas y avergonzadas. «¡Qué preciosa es!», dije en voz alta junto a mi compañera de viaje.

El avión lo manejaba un muchacho de aspecto distraído —supongo que porque estaba concentrado— y las pasajeras éramos sólo ella, una mujer con mochila al hombro, lentes para pensar, zapatos cómodos y ojos avispados y yo, con sombrero amarillo, anteojos oscuros y sandalias de gringa bajando de un crucero, para que el paisaje no extrañara del todo el artificio del turismo. Ella trabaja en la Universidad de Quintana Roo y estaba empezando una jornada de no sé cuántas horas para ir a un congreso en China. Yo sólo haría el corto vuelo de veinticinco minutos a Cancún, para ahí encontrarme con el avión grande como una verdad que me devolvería al ombligo de mi país, este lugar en el que elegí vivir hace ya tanto tiempo que no puedo dejar de preguntarme cómo es que sigo aquí. Respondo siempre que aquí vive mi familia, que aquí puse a nacer a mis hijos, que aquí duermo y desayuno con su padre, que aquí están muchos de mis mejores amigos, que de aquí ya soy. ¿Qué más?

Nunca quiero regresar de Cozumel. Quizás por eso a veces tardo tanto en volver. Y paso años quitada de su encanto, casi temiéndole. Tan rápido me toma como algo suyo y me arrebata de lo mucho otro que soy. Allá se me quita lo dispersa, todo es concentrarme fácilmente porque en todo lo que veo, en todo lo que me cruza, está lo que ambiciono. Y me vuelvo de tal modo joven porque las cosas más viejas parecen nuevas. Ya he andado el malecón muchas veces, pero todas las tardes quiero andarlo porque nunca se parece una a la otra.

¡Cuánto se dilata el tiempo cuando uno se pone a no mirarlo! Pasan las horas en minutos y sin embargo cada día es una aventura como de media vida.

Voy a ver a doña Migue. Ahora escribo su nombre y nombro su paz. «Ah, ¿vives?», pregunta al verme entrar en su casa que mira al horizonte con nubes. «¿Ya sabes que se quieren llevar la arena de Cozumel?» Y sí, ya lo sé porque es la canción de guerra que trae medio pueblo, porque el otro medio está dormido, atarantado, dividido entre los que sólo están para pensar en de qué viven y los que bien saben que bien vivirán lo mismo si la arena va que si la arena viene. Me ha dicho una mujer culta y sonriente que trae con ella la voz del pueblo en guerra, que el gobierno está de acuerdo en llevarse alguna arena de la que vive al norte de la isla, para ponerla en las playas de Cancún porque ahí anda escasa. «¿Y a nosotros qué? Vayan a buscar su arena en otro costal», digo yo que tomo partido en ese instante aunque no sepa bien de qué hablo. Ya lo sabré. Por lo pronto, no quiero que se toque este santuario al que en aras de la modernidad ya se ha tocado con un muelle espantoso que corta en dos el horizonte de la pequeña bahía.

¡Cuántas cosas! Doña Migue mejor que no las sepa, aunque ella todo sabe. Mejor que acune el muelle de madera escuálida en el que tomó un barco hace casi setenta años, contra su voluntad, para alejarse un rato amargo del lugar en que se enamoró y en el que vive hasta este viernes en que la visito como si ella misma fuera otra playa.

29

Contra lo que otros sienten, a mí me gustan los domingos. Siempre me han gustado. Aunque su correr haya sido distinto según las épocas de mi vida, nunca he tenido un desacuerdo con los domingos. Me gustan lo mismo cuando son ociosos que cuando están llenos de ruido. Lo mismo cuando los alumbra el silencio que cuando corre su piel por una fiesta o pasa la mañana, rápida, perdida entre los diarios y la fruta. Casi siempre los domingos comemos en mi casa. Igual algo más sofisticado que una pizza.

No sé cómo pasó que hace muy poco los que corrían alrededor de la mesa eran mis hijos y ahora son mis nietos. El caso es que un escándalo suave ha habido siempre. Y yo lo convoco.

Ayer fue un día de contrastes. Todos los días lo son, pero hay unos más que otros.

Dicen que hace calor en la Ciudad de México. Para mí: cero grados: ni frío ni calor. Así debió ser el seno materno. O el seno paterno. Afuera o adentro, bajo los brazos: un abrazo.

En el jardín las buganvilias están desatadas y, como la exageración es lo mío, crecen contra una pared y se trenzan en la araucaria buscando un cielo que ya casi alcanzan.

Éramos dieciséis. Y de repente, en medio de la boruca del ¿me pasas el aceite de oliva?, vi la mesa como si estuviera sembrada en otros tiempos. En el tiempo todo. En la febril recurrencia de lo ideal. Y tuve esta alegría de arroyo que en los días tristes parece imposible.

30

Baja la tarde contra las hojas del fresno apenas reverdecido. Ahí está abril, desafiado por el árbol inmenso y lleno de hojas tiernas que ocupa casi toda mi ventana.

Al fondo hay una jacaranda y junto a mi escritorio una araucaria en la que hace años tramé dos buganvilias que ahora la agobian llenándola de flores. Son la santísima trinidad viéndome dilucidar el prólogo de un libro que me ha regalado un escritor que juega a ser médico con bastante acierto.

Esto de las estrellas que me brotan en la cabeza lo ha visto siempre con reticencia. Tanto como epilepsia, no lo ha considerado nunca. Desde sus ojos, lo que soy es un manojo de nervios empeñado en simular serenidad. No lo voy a desengañar, menos cuando estamos conversando de lo mismo, con el mismo autor.

Yo de Pascal Bruckner no había leído nunca nada, pero ahora que lo voy leyendo tengo la impresión de que no me deslumbra, sino que me acompaña. Lo que dice en el prólogo de su libro, *La paradoja del amor*, resulta cercano a mis elucubraciones de muchas mañanas. Sólo que él cavila en orden y con acierto, yo desconcertada y en desorden. Pero estamos todos los mismos, en la misma. Tenemos sesenta y más. Cuando les platico a mis contemporáneos esto que leo, me oyen como quien dice: no me cuentes una obviedad. Sin embargo, me gusta seguir leyendo para custodiarme una cavilación recurrente que aparece en mitad de las noticias de guerra y pena, de pobreza y abismos, empeñadas en distraernos de algo que también es esencial.

¿Qué nos toca hacer ahora? ¿De qué podemos servir quienes pasamos por esta rara edad que antes era ya la vejez y hoy está, cierto, cerca de su umbral, pero no dentro de una disposición, ni siquiera de una salud o una apariencia de viejos? Necesitamos lentes para ver de cerca, pero anaranjados, lilas, verdes. Viajamos llevando pastilleros, pero en busca de unos que se vean como juguetes. Nos empeñamos en usar iPad y hacerle a los buzos diamantistas. Somos los hijos de la posguerra, las hojas de unos años que se creyeron la primavera. Como éstas que brillan en el fresno.

Encuentro a Pascal Bruckner, un escritor y filósofo francés, de mi edad, inquietado por las mismas preguntas que se hacen conmigo tantos de quienes conocí y quiero, gracias a los días de gracia en que empezamos a imaginar el futuro. «Los años sesenta y setenta han dejado a quienes los han vivido el recuerdo de una inmensa generosidad mezclada de candor...», dice. Y sí que había candor en nuestra búsqueda, más que nada en la certeza de que algo habíamos encontrado. «Un potencial ilimitado parecía a nuestro alcance: ninguna prohibición, ninguna enfermedad reprimían los impulsos. La prosperidad económica, la caída de los tabús ya bien carcomidos y la sensación de ser una generación predestinada, en un siglo abominable, suscitaron una gran cantidad de iniciativas. Vivíamos con la idea de una ruptura absoluta. De un día para otro la tierra oscilaba suspendida en un edén impensable. Las palabras ya no tenían el mismo sentido. Íbamos a poner siglos de distancia entre nuestros mayores y nosotros. No volveríamos a caer en sus viejas costumbres. La liberación sexual se convirtió en el medio más ordinario de lidiar con lo extraordinario. Se reinventaba la vida cada mañana, se viajaba de cama en cama mejor que por la superficie del globo.»

Cierto, me digo, éramos tan ávidos que seguimos siéndolo. «¿Qué hago yo aquí?», se preguntaba uno al despertar. «Nuestra libertad, ebria de sí misma, no conocía límites, el mundo era nuestro amigo y nos entregábamos bien a él.»

Sin duda. Todo el tiempo y desafiando cuanto fuera. Podíamos volvernos escritores, cantantes,

¡guerrilleros!, solteras de por vida, sinónimos de valentía, pintores, viajeros, herejes. «¿Qué rompió la euforia?», se pregunta Bruckner. ¿La irrupción del sida, la crueldad del capitalismo, el retorno del orden moral? No. Todos los sabemos. «Simplemente pasó el tiempo. Sólo conocíamos una estación en la existencia, la juventud eterna.» Y: «La vida nos ha jugado una mala pasada, hemos envejecido».

Eso decimos todos al vernos en el espejo de los otros. Pero no necesariamente en el nuestro. A mí, que me ha dado por hacer recuentos, por rememorar como una abuela, me apasiona el presente, y aquella certeza de que todo podía ser distinto sigue viniendo conmigo a la vida diaria. Mucho de lo que cambió en esos años se quedó vivo en las actitudes y en los deseos. Muchas de aquellas profecías de libertad están cumpliéndose. Hay cosas que nuestros hijos dan por dadas, creen que fueron así desde siempre. Las costumbres sexuales, el modo de hablar, de moverse, de vestirse y desvestirse, de elegir el destino —o eso creer—, vienen de entonces.

Nació en aquellos tiempos, no sólo como una premisa, sino como un quehacer del día con día, el oxímoron perfecto: como el hielo abrasador y el fuego helado: el amor libre. Y nos costó pelearlo. En México, quienes vivíamos en esta ebriedad éramos, más bien, raros. Convivían junto a nosotros las tradiciones, los noviazgos que terminaban en la puerta de la casa, las bodas de mis amigas idénticas a las de sus abuelas. La heterosexualidad, el aborto prohibido. La interrogante, ¿decepción?, de mi madre. ¿Qué habría hecho mal que yo le salí rara? Cuando le puse fin al desorden de cada día, anunciándole el redicho «vivir juntos», le di el disgusto de su vida. Y reconocerlo es aceptar que envejecí para darme cuenta.

Ella tejió en mis trenzas los listones de la infancia feliz, ¿qué más me hubiera dado casarme? Impensable, porque iba contra la ley del deseo como la voluntad primera. Había que negarse al amor bajo la férula de cualquier institución que no fuera la propia voluntad. Tampoco acudimos al trámite de un acuerdo civil. Lo que parecía efímero era susceptible de volverse eterno si se iniciaba como un juego de azar. Nos pedimos cosas difíciles y con suerte las hemos conseguido. Lo mismo que otros las consiguieron sin tanto ruido y unos, de entre los nuestros, las perdieron en medio de un estrépito que los lastimó de más, justo porque era impensable que lo previsto como perfecto no lo fuera.

Sin duda, pasó el tiempo, pero el amor libre no tiene para cuándo acabar. Enamorarse sigue siendo entrar a un territorio arcaico y mágico que no depende sólo de nuestra voluntad. Era difícil y noble entonces y ahora. La emancipación de las mujeres, el interés paternal en los primeros cuidados de los hijos, la flexibilidad de las costumbres, el respeto a las pasiones del otro, incluso la ironía con que hemos de mirar nuestros tropiezos, son conquistas y son responsabilidades. Esta ley sin firmas que nos puso a ser libres, que nos hizo ganar, al menos en teoría y como principio la equidad de género, nos ha puesto también en el compromiso de convivir con la libertad de los hombres. Ya no es su obligación mantener solos una casa, ni ser los únicos responsables de la familia.

Cuando pensamos en el otro decimos, jugando: mi cónyuge, no mi yugo. Y todo esto que parece venir de lejos es de apenas hace cuarenta años. Anillo de compromiso, vals de novios, marcha nupcial fueron cosas de nuestros abuelos y nuestros padres, no fueron nuestros y creímos que no serían de nuestros hijos. Pero cuando Catalina tenía siete años me preguntó si nosotros nos habíamos casado y yo, movida no sé por cuál urgencia de «normalidad», le dije que sí. «¿Y por qué no hay fotos de su boda?», preguntó ella que no se cansaba nunca de preguntar. «La verdad es que no nos casamos», dije yo dándome por vencida. «¿Y por qué no se casaron?» «Porque no se usaba.» «¿Y si no se usaba por qué todos mis tíos sí se casaron?» Pregunta inevitable. Respuesta incomprensible. «Porque en el mundo en que nosotros vivíamos no se usaba.» Se quedó un ratito callada y luego dijo: «Pues yo sí voy a querer una boda, un vestido largo y una fiesta grande». «Me parece perfecto, los tendrás», prometí. Todavía no me pide que se lo cumpla. Pero será como ella quiera, porque el amor es ambivalente y cada quien tiene derecho a celebrar y honrarlo como mejor le parezca.

Lo que en mi juventud significó ruptura ahora se suple con flexibilidad. Cada quien. Su hermano nunca preguntó nada. No es que no quisiera cantar lo mismo que nosotros. Es que le daba igual. Esto del no casarse como la única manera de ser independientes ya no es la norma. Quieren crear las suyas y a veces las crean recreando la ceremonia de nuestros padres. Quizás porque el mundo de sus padres les pareció desordenado, buscan otro orden. Está bien.

El amor sigue siendo una aventura y aún tienen frente a sí el deber de vivirlo sin negarse a otros desafíos. La vida les ha dado más enigmas que a los profetas de mi generación, tan seguros de haber dado con la certeza opuesta al pasado, pero con la otra, única, verdad. Abrimos un camino que da a mil brechas, y ellos irán tomando algo de cada una. Les heredamos la certeza de que es posible elegir. No es mala herencia. Por eso los ha de cuidar la vida. Como a los jóvenes que fuimos y los viejos que no queremos ser.

31

En la esquina de una calle, mientras esperamos a que la luz del semáforo se vuelva verde, mi hija y yo miramos a los lados buscando a la señora que vende las obleas con pepita. Estamos frente a un semáforo que se ha vuelto lento, parsimonioso y desgastante. Los automovilistas hacen su ruido seco, aceleran y frenan en golpes cortos, avanzan pequeños trechos. Los cuatro hombres y dos mujeres que han descubierto la productividad del tedio ajeno van y vienen ofreciendo cosas a quienes abren la ventanilla a un mundo que palpita, vital y generoso, frente a sus ojos. Venden botellas de agua, cacahuates, galletas, coca colas, chicles, paletas, sensatez y paciencia para seguir el camino. Cuando veo a esa gente hacer su vida sin detenerse a pensarla, me siento orgullosa de respirar en este país nuestro del que tan mal hablamos.

32

Yo no tengo bicicleta, pero ando siempre en una. Y dentro, en la cabeza, me navegan burbujas llenas de ciclistas pequeños, dando guerra, empeñados en subir y bajar saltando obstáculos. Tengo otros detenidos en un hombro, haciendo un embotellamiento de ruedas y manubrios que a veces paralizan hasta la cintura. Por ahí, justo en el ombligo, inicia el circuito en que da vueltas un equipo audaz. A toda velocidad, quizás drogado, como el francés aquel con tantas medallas y tantas denuncias, anhelando siempre caminos con menos baches y mejor asfalto. Hace años, el trayecto podía ser incluso más largo, porque yo me he ido encogiendo, pero sin duda era más liso. A tal equipo todavía se le atraviesa la mano de alguien querido y lo reta a subir cuestas para no morir aplastado.

También tengo ciclistas en las rodillas, agradecidos porque dejé de ir a misa y preocupándose por el modo en que bajo las escaleras. Ciclistas tengo en los tobillos y, cuando ando en tacones, mientan madres. Los he oído decirse, por lo bajo: «Esta vieja está loca y es una pretenciosa».

Tan ingrata sentencia querrían poder gritarla, para alcanzar con su queja la de aquellos que viven en los dedos de los pies. Unos con tal nobleza que sólo aúllan de vez en vez para que no se sientan solos los empeines cuando despotrican: «Si hace años que le recetaron plantillas, noche y día, ¿por qué diablos se empeña en lo imposible?». «Ser alta», opinan los que suben por el cuello, «*quod natura non dat...* Pero es necia esta dama, que lo digan, si no, los infelices viviendo en las burbujas de allá arriba».

Cuando imagino estas conversaciones quiero intervenir diciendo que estos ciclistas de mi cabeza no son mis enemigos, que andan contentos en sus burbujas divagando minucias mientras pedalean y acompañan las crestas y los acantilados del recinto en que viven. Los ciclistas de mi cabeza son memoriosos y tienden al optimismo. Aun cuando el mundo a nuestro alrededor se declare desahuciado, ellos recuerdan cosas raras y ayudan a vivir a las neuronas que tanto necesitan de estímulos menos brutales que el diario decir de los diarios.

Yo tuve un pretendiente, como llamaba mi abuela a quienes jugaban a serlo, que me mandaba rosas rojas los días de mi santo. Un ramo enorme con una tarjeta en la que sólo ponía sus iniciales. Luego alguien me contó que tal formalidad se hizo con la ayuda de sus compañeros de escuela que se divertían pensando en el sonrojo con que oiría mi agradecimiento. Yo tuve trece años y él quince, hace ya la mitad de un siglo.

No sé cómo me acuerdo de estas cosas, ni en cuál rueda de cuál bicicleta se quedaron guardadas, pero ahí están, haciendo giros. Hace días las recordaron los ciclistas de las burbujas, a propósito de la condición pionera del papá de mi amigo.

Hubo un tiempo, entre la época del juego y ésta que hoy dicta la moda del buen comportamiento ambiental, en el que andar en bicicleta no era un punto de vista, una coquetería o un modo de ser gente de buena voluntad. Era cosa de hacerlo si no quedaba otro remedio, o si había una excursión los domingos, pero para ir al trabajo, casi ninguno entre los papás de nuestros amigos andaba en bicicleta. Sí, el señor Brito. Él, que ahora podría disfrutar sabiéndose un héroe de la libertad de expresión ecológica, un apóstol del bien moverse sin hacerle daño al medio ambiente, entonces andaba en bici sin pretensión, ni pena. Con la sencillez de quien hace lo que tiene que hacer. Pasaba frente a la puerta del colegio y lo veíamos haciendo su trayecto en paz. Ahora quisiera preguntarle a su hijo en qué trabajaba su pionero padre. Quién le hubiera dicho a él que aquella faena de andar a diario en bici, como sólo lo hicieron quienes menos tenían, iba a verse tan bien, tan políticamente correcto, tan encomiable como ahora. Quién le hubiera montado una ciclovía que lo llevara solo, por toda la ciudad, luciendo su destreza. Siete hijos y al trabajo en bici porque era lo que había. Cuánto quieren las burbujas de mi memoria a ese hombre bueno. Y a tantos que lo fueron sin alardes.

Desde muchos años, a mí me ha dado por la remembranza. De ahí que a cada rato me pregunten por qué, si tanto me seduce, no cuento la historia del joven que luego se convirtió en nuestro padre. Respondo siempre con un gesto de indefensión. La verdad es que sé muy poco y que incluso lo que recuerdo me rebasa. No conozco cuántos vivieron la guerra como él, a merced de otras voluntades, lo que sé es que de aquello él habló casi nada en veinte años. ¿Con qué derecho voy yo a decir lo que no sé? ¿A crecer con la imaginación la intensidad, sólo mía, que tengo entre las manos? Esto me preguntan los ciclistas que trajinan en mi cabeza, cuando metidos en sus burbujas transparentes saben que son quebradizas.

Sergio eligió unas cartas entre las del abuelo y de casualidad encontró algunas de mi padre a su hermano. Cincuenta y dos meses de no haber oído una palabra de su familia en México, cuando una tarde le avisaron que a la parroquia de un pueblo vecino había llegado un aviso para él. Su madre, que era buena para los rezos, le había pedido a un cura en Puebla que le pidiera al obispo que a su vez le pediría al arzobispo de México que a su vez escribiría a Roma pidiéndole a otro arzobispo que desde aquella altura hiciera bajar el recado de parroquia en parroquia hasta encontrar a su hijo mexicano, en un pueblo del Piamonte. Cuando lo supo, dice su carta, se montó en la bici en Stradella y no paró hasta cuarenta y cuatro kilómetros después, con dos palmos de lengua fuera, en Tortona, donde encontró al canónigo Mario Giudice con la noticia de que lo andaban buscando. Eufórico de sólo imaginar que podría volver al país en que nació, tras sobrevivir a una guerra en Italia, a la que había llegado como el hijo de un emigrante pródigo, buscando un futuro en el pasado de su padre. La ensoñación fascista lo atrapó entre sus garras y cuando lo soltó estaba en mitad de una guerra civil sin saber qué hacía ahí, ni hasta cuándo. Lleno de alivio, volvió al pueblo colgado con una reata a la parte de atrás de un camión carcacha que lo jaló con misericordia. Algo de acrobacia hay que hacer para conseguir no soltarse de la cuerda, pero de eso ni habla. Iba feliz.

No sé qué pasaría entre aquella tarde y las nuestras, pero yo nunca vi a mi padre en bicicleta. Vaya, pero ni cerca de una. En cambio mi mamá y su hermana Alicia organizaban, a cada tanto, expediciones hasta el cerrito de la pirámide o el terreno de la 31

Poniente. Quince niños y ellas dos predominando. Mi mamá tenía unas piernas largas y fuertes que hasta la fecha hacen suspirar a quien las mira. Sin duda a mí que ahora mismo las veo, en la foto cerca de mi escritorio, saliendo de una falda recta que se alza al mover los pedales.

Yo siempre fui de equilibrio precario, pero iba a las expediciones sin decirlo, haciendo un esfuerzo superior al de un perrito de circo caminando con sombrilla por un alambre. Y hasta me divertía. Incluso ahora, cuando las bicicletas de mi memoria mueven sus pedales, algo se entusiasma en mi ambición de infancia. Nunca llegué antes que mis hermanos, pero siempre llegué, casi al mismo tiempo, a dejarme caer, como todos, en el primer pedazo de prado que encontrábamos. En la última de ésas debí saber que lo mío sería caminar cuatro kilómetros diarios hasta que algo parecido a la muerte me llegara a separar. Por eso es que mi bicicleta es extemporánea, porque se quedó en otro siglo. Será de ahí que la he suplido con tantos ciclistas como me caben en el cuerpo. Y que no la extraño, porque ando en una cada vez que recuerdo.

33

Se llama Domingo y la llevaron al veterinario. Una tortuga con nombre de día. Una pequeña tortuga de caparazón verde brillante, llevada en vilo, dentro de una bandeja de cristal, por su joven dueña. En caso de que alguien pueda adueñarse de una tortuga. Digamos que la llevaba su amiga. Una jovencita que debe ser experta porque aseguraba la suerte de un macho bajo el caparazón de Domingo. No imaginé jamás que una tortuga pudiera ser llevada al veterinario. «¿Y qué le pasa a Domingo?», pregunté de verdad interesada en su salud. «Que no puede comer», dijo su dueña. «Así que lo traigo para que lo alimenten con una sonda.»

Dentro de la bandeja, Domingo estiró el cuello y las patas fuera del vestido redondo y duro que cubre de un lado su lomo y del otro su panza. Su joven amiga estaba de verdad consternada viéndolo sufrir. Yo, para actuar con honradez, debo decir que si en mis manos hubiera estado la salud de la tortuga, Domingo se habría muerto mucho antes de que yo notara si comía o no. Tampoco la vi afligida. La tortuga, Domingo, se veía perfectamente en paz.

Las despedí a ella (él) y a ella (su dueña) cuando entraron al cubículo de una doctora. Nino y yo fuimos mortales comunes y corrientes: él, un perro con la piel herida, y yo, una mujer con su perro como una herida, a ver a otra veterinaria. Según su diagnóstico sobreviviremos. El pobre Nino está sentenciado a comer croquetas el resto de sus días: ni una gota de pan, ni un gramo de comida para humanos. Y yo a mantenerme impertérrita cuando me pida un antojo porque los perros son perros y no gente. Todos, seres vivos con el mismo derecho a comer y sonreír. Aunque haya quienes no crean que los perros sonríen y quienes no sepamos cómo sonríen las tortugas.

34

A veces me abraza la melancolía como una nostalgia del futuro. ¿Hasta dónde alcanzaremos a ver? Hacia atrás están el imperio romano, la cultura maya, las pinturas de Leonardo, las pirámides y tanto de todo lo que cabe en los museos. Hacia atrás están las guerras de otros, el azar de otros y casi todos los libros que admiramos. De atrás podemos elegir a placer sólo eso que placer pueda darnos: Mozart, los Beatles, María Callas. Atrás está Sancho Panza y está la Inquisición, pero uno puede decir con quién se queda.

El pasado —con todo y el diluvio, el arca que salvó a las jirafas, las canicas que usaba Demóstenes para entrenar sus discursos, los zapatos con que les encogían los pies a las mujeres japonesas, la hoguera para las brujas, los postres de mi abuela— no depende de nosotros.

En cambio, en el futuro, eso creemos, hay algo aún unido a nuestro afán. Aunque sólo sea un poco, aunque sólo sea el ansia de verlo tanto tiempo como posible sea.

Se me antoja el futuro. Igual que a tantos. Y no han de faltar quienes por eso nos crean locos. Medio mundo piensa que será tan negro como negro ve el presente. No es buena idea contar nuestros días sólo como presentimiento del mañana. Menos ahora. Hay que ponerse a hacer la vida, como la mayoría, para hornear el pan diario, el trabajo de cada mediodía. Sin embargo, se me antoja el futuro.

¿Cómo serán los coches? ¿Aún existirán? ¿O cualquiera podrá meterse dentro del celular, y aparecer con él en otra parte? ¿Y será que si un botón se aprieta mal, la gente irá a parar quién sabe en dónde, igual que se fue toda mi información, hace dos días? ¿Será posible que, alguna vez, alguien logre evitar los aeropuertos? ¿Qué habrá que no veremos?

Mi abuelo murió con semejante pregunta entre los ojos, rodeado de los más avanzados aparatos electrónicos. Era 1974 y se acababa de comprar el último modelo de una máquina de escribir eléctrica. Sin duda hubiera visto el cielo en un iPad. Pero ya no le tocó. Sin embargo, hubo en el futuro de su infancia el paso del burro al jet y del infatigable dolor de muelas a la paz de una aspirina. Y hubo sus bisnietos como habrá los míos. Aunque parte de mi actual melancolía tenga que ver con mi presentimiento de que no habré de verlos. ¿Qué más no veremos? Tengo nostalgia del futuro, justo ahora que tantos le tienen miedo. Traigo un deseo de madrugada que no espante. Un deseo de presente que no nos intimide.

En mi pasado hubo diez mandamientos y siete pecados capitales. Me cuidé de seguir unos y evitar otros. «Honrarás a tu padre y a tu madre», encantada. «No matarás», de ninguna manera. «No fornicarás», por supuesto que sí, mil veces. «Contra gula, templanza», depende. «Contra avaricia, largueza», no tuve reparos.

Estaba en paz, a los veinte años, con mi certeza de que ser una pecadora promedio era ser una santa. En paz estaba cuando llegué a unos ejercicios espirituales de ésos a los que íbamos más para departir que para confesarnos, y entonces apareció en mi presente de esos años un jesuita iluminado que se inventó para nuestro infortunio el célebre pecado de omisión. Qué manera de amargarnos la vida tuvo ese hombre que se decía de Dios y debió serlo, porque en su nombre nos molestó el ánimo tanto como pudo. Así que no bastaba con obedecer los mandamientos para tener la conciencia en paz: había que cargar no sólo con el mal que hacíamos sino con el bien que no hacíamos. ¡Santo cielo! Ese mismo día hubo que empezar a reprocharse algo, a sentirse ladrona en cada esquina. Si esta mujer pide limosna, ¿yo con qué cara voy a buscar mi comida corrida? ¿Con qué derecho? ¿Cuál omisión habré cometido para que esto suceda? Ninguna, creo ahora.

Pero no lo supe entonces ni me sirvió perder la fe religiosa para no cargar con la culpa de la omisión. En la Facultad de Ciencias Políticas también había oradores que sentenciaban a los omisos. Cualquier desliz podía considerarse falta de fe en las mejores causas. ¿Así que te dieron una beca? ¿A quién no se la dieron?

Y de ahí hasta hace poco. La culpa como una lápida y el presente como la ignominia de no estar construyendo un futuro digno para toda la humanidad. De ahí a pensar que el presente y el futuro estaban en nuestras manos y que todos los males del mundo andaban ahí porque no éramos capaces de evitarlos, porque les dábamos entrada con nuestras omisiones. Cuántas noches me arruiné culpándome por los males del mundo que ahora por fin sé, no son mi culpa. Ni está en mí evitar. De mí, de cada quien sólo depende, diría el poema que decía mi suegra: *El mal que se economiza y el bien que se puede hacer.*

Diré que eso creo, porque al perder la culpa gané la duda. Lo cual, diría sor Juana, *es menos mal, mas no menor enfado.* Con todo, tengo nostalgia del futuro. Algo habrá de pasar, algo se ha de conseguir. De a poco. Igual que con la democracia despostillada que tanto ninguneamos, pero que tanto costó.

Hay que tener memoria para celebrar este futuro de los años setenta que es nuestro presente. Porque cuando todo era silencio, algo estaba muy mal aunque no se dijera por todo lo alto y no hubiera publicación que lo cantara todos los días. Algo era peor en ese pasado de lo que es este presente que tanto nos agobia.

Se me antoja el futuro para dormir una siesta y ver la tele sin el pendiente de la patria en vilo. Un paseo por el mar quiero en mitad de la tormenta. ¿Qué dirían de mí el jesuita y el maestro de economía? Empeñada estoy, necia de mí como tantos son necios, en que ha de haber la calma aunque no estemos para verla.

Por lo pronto querría yo no mirar la cara del mal todos los días. Pero imposible. Va uno tratando de ver para otra parte hasta que de tanto voltearle la cara al espanto caemos en una espiral que casi parece el vacío. Entonces vuelve la culpa a darnos guerra. Y nos sentimos mal cuando deseamos hablar, por ejemplo, de la luna de hoy, del sol de mañana, de las jacarandas que no tardan en iluminarse, de la cantidad de gente que sigue su quehacer como si nada, ésa sí, empeñada en el bien y las estrellas.

Escribir qué claro amaneció, hoy no hace frío, este guiso es una delicia, ¿es negarse a ver la realidad? ¿Es pecado? Muchos dicen que sí. Debe ser por eso que dejé entrar la melancolía.

35

Volvimos a Cozumel, esa joya en mitad del Caribe. Hace más de dos años que para llegar a la isla era necesario viajar a Cancún y de ahí tomar un avión pequeño o un transbordador para aterrizar, por fin, tras cinco horas, en la tierra prometida. Esta vez hicimos dos horas, en un vuelo directo cuya aparición me llevó a comprometer a media familia para ir siquiera el fin de semana.

Debido a unas buenas artes había ganado el derecho a cuatro noches gratis en el hotel que más quiero. Dada la falta de tiempo las cambié por dos, pero con dos estancias. Con unas terrazas que dan a la arena clara y al arrecife. ¿Qué más? Sólo la fiesta de estar vivos y ahí.

Traje fotos impresas en el desorden de mi cabeza.

En una estoy parada bajo la noche y la luna. Cantan los grillos y no hay nadie caminando afuera porque a todo el mundo le pican los moscos. Así que se han agazapado frente a la tele. Yo saludo a la diosa y le juro que creo en sus poderes.

Amanece nublado. Gris el horizonte, de arriba a abajo. Caminamos a la palapa para desayunar. Estamos entre la fruta y el café cuando se suelta una lluvia que jala el agua en ráfagas. Se siente como si fuéramos volando. Y una paz de esas que sólo suceden cuando el tiempo se queda en vilo, nos toma completos.

Al rato ha salido el sol. Se abrió un lugar entre las nubes. Mustio el aire se convierte en cristales. Tenemos escafandras y aletas. Vamos los cinco a pescar peces con los ojos. Y cada quien se va haciendo de los suyos. A mí los que más me han gustado son unos que están hechos para confundir. Son amarillos con azul y cerca de la cola tienen estampado un círculo idéntico a un ojo. Así que cuando nadan hacia otro lado, parece que se están acercando, pero van huyendo.

Luego el hambre como un relámpago alegre, llegamos a comer al Guidos. Ahí hacen el pan en un horno de leña y lo ponen sobre la mesa, caliente y con ajo. Mientras nos lo comemos va hablando el menú en nuestros ojos. Yo comí un risotto a la milanesa. ¿En Cozumel? Pues sí, porque la chef es extravagante y uno, ¿por qué no?

En la tarde voy a ver a doña Migue. Está cansada, pero cuando me acerco regala una sonrisa. Yo me quedo prendida a sus manos un rato largo, pensando en los barcos que cruzan a diario por su ventana. Y en ella que tanto los ha disfrutado. «Miguelina», le dijo su novio, «cásate conmigo y pondré la isla a tus pies». Él era pobre entonces, pero junto con su hermano compró una máquina de hielo. Después, todo fue trabajar hasta esta noche en que lo visito en su tienda. Don Nassim tiene la misma curiosidad que le conocí hace treinta años, con la que se le presentó a su novia hace casi setenta. Y sigue guapo.

Imposible pasar por Cozumel sin un cambio en el alma. Algo de la serenidad impávida de la isla debería seguirnos por todas partes. Y cuando la vida se empeñe en quitárnosla, hay que volver por ella.

36

Al final del rosario me gustaba oír la letanía. A veces en latín, sólo por los sonidos, y cuando era en español, por la cauda de raros adjetivos que resumían un mundo en dos o tres palabras: *Arca de la alianza, torre de marfil, espejo de la mañana*, nombraban a María, la madre del celebérrimo Jesús, para luego pedirle *ruega por nosotros*.

Yo escuchaba entre el incienso y las flores de mayo, fascinada con aquellos sonidos, sin entenderlos bien, pero elogiándolos con el silencio infantil que siempre es un elogio. Porque cuando los niños escuchan, elogian. La letanía de cosas que me pasan suena más a campo que a torre de marfil. Cabe en ella, sin duda, un arca de alianzas y varios espejos de la mañana. Mis dos hijos y su padre leyendo los periódicos durante el desayuno para ver si, dilucidándolos, algo del mundo nuestro se enmienda de sólo comentarlo. La letanía de mis espejos. Uno por uno tendría que irlos nombrando, pero pienso en Verónica. Mi hermana se ha empeñado en componer el pozo de un pueblo llamado Canoa, que tiene sin agua a tres mil personas. Me ha contado cómo es la gente que fue a pedir ayuda al municipio, y es idéntica, diminuta y pobrísima tal cual era hace cuarenta años en que ahí estuve, bajo el volcán que llamamos la Malinche.

Vuelvo a la letanía: *Consuelo de los afligidos, patrona de los desamparados*. No intento recordarla completa. Aquí las tardes siguen transparentes, pero a Cozumel lo amenaza un ciclón. Y ahí está doña Migue, con sus ojos claros, esperándolo, como siempre, sin ningún miedo. Ha vivido en la isla sus más de ochenta y cinco años y nunca ha huido de ahí cuando el tiempo amenaza con destruirla.

Sede de sabiduría, puerta del cielo, digo con ganas de creer en que alguien ruega por nosotros.

37

Vivo en un país en el que a diario nos espanta el espanto. ¿Y qué hacemos? Temer.

Me pregunto si no podemos dar con algo más noble que el temor.

Se diría que nos preguntamos qué noticia hay en el bien. ¿Quién puede hacer literatura con la felicidad? Además —parece que decimos—, no abunda el bien, y la felicidad es un vicio de los tercos.

Se nos olvida con tanto temer, con tanto discurrir en vano, atestiguar la esperanza y el trabajo de quienes en vez de asirse al miedo lo exorcizan con su diario quehacer y su certeza de que el mundo no se enmienda de golpe.

El mundo se va cuidando, se zurce, se le acompaña y, sobre todo, se ama porque es el único que tenemos.

38

A lo lejos se oye a un hombre que pasa vendiendo tamales oaxaqueños. Todos los días su voz sibilante repite sin tregua: «Hay tamales oaxaqueños, tamales calientitos». Anda en una bicicleta y recorre la calle varias veces. Hace como un año descubrí que su pregón está grabado. Desde entonces me pone de malas oírlo. Como cultivo mitos me gusta pensar que vivo en un barrio de los de antes. Y por eso tolero los pregones con tanta paciencia. A veces hasta con entusiasmo. Pasa temprano un muchacho haciendo sonar un triángulo. Vende barquillos. Los saca de un bote plateado que carga con una cinta cruzada al pecho. Debió tener un bisabuelo que hacía lo mismo. A éste le compraba yo a los cuatro años. Los sábados cruzan un hombre, una mujer y un niño que ofrecen comprar vejestorios. «Lavadoras, colchones, microondas, tocadiscos, lámparas, lo que sea, que vendan, compramos», dice la voz chillona del niño que parece la de su mamá, que a veces es la de su mamá. Esos sí gritan por turnos y todavía no recurren a la electrónica. Pero sus voces lastiman. Más que gritar, gimen. En cambio los domingos pasan distintas bandas. Algunas están integradas por campesinos que tocan viejos trombones y trompetas chillonas. *Mañana me voy de aquí/ y el consuelo que me queda/ que te has de acordar de mí*, canto mientras ellos tocan algo muy desafinado que podría parecerse a lo que evoca. Hay un grupo de adolescentes peinados con gel y pelos de punta que se reúnen en torno a una marimba. Semejante instrumento sólo puedo asociarlo a hombres en sus tardíos cuarenta. Los recuerdo morenos, cetrinos, adustos y concentrados. Pegando con sus palitos titilantes. Sin embargo, estos chamacos tocan entre sonrisas el instrumento de sus antepasados. Y se ven como enigmas. Podrían ser asaltantes o narcos. Pero son este candor que suena a fiesta. Tanto que la otra tarde, contraviniendo toda instrucción en torno a la seguridad, les pedí que entraran a tocar al patio de mi casa. Y aquí estuvieron un rato. Les dimos un refresco y les pagué cincuenta pesos la pieza. Felices ellos y feliz yo. Tocaron dos y me dieron una de pilón.

Al ratito volvió el gritón de los tamales. Creo que sí vivo en un barrio como los de antes. Igual de ruidoso. Un barrio como los de antes. Hoy que todo es distinto.

39

Se ha puesto a llover como se pone uno a quererse cuando joven. Peor todavía: como cuando se ponen a quererse los que saben que sólo se quiere así, la última vez que se quiere con tormenta y tormentos. Se ha puesto a llover y de pronto hace frío. No tardará el granizo, ya está en el aire su olor helado, ya lo escucho golpear en la ventana. Se han empañado los vidrios y hay en el horizonte un temblor de niebla. En mi casa estamos los perros y yo. Ellos duermen. El perro de repente entreabre un ojo, la perra está impertérrita y sorda como su vejez toda. Hoy los bañaron, así que ellos han tenido ya su dosis de agua. A ésta que cae afuera no le temen. A ésta le temo yo. Y no por mí, que estoy aquí mirándola, escuchándola, sintiéndola temblar en mi cabeza, sino por la ciudad a la que abruma. ¿Quién sabe cuántas casas estará derribando, cuántas cuevas ahogará? Porque ésta es una ciudad en la que aún hay gente viviendo en grutas, una ciudad cuyo drenaje estalla de repente y la inunda. Una ciudad partida en trozos tan distintos que unos podrían estar en Dallas y otros en Bangladesh. El mío está en medio. Vivo donde la clase media. Alrededor hay Metro, autobuses, taxis. En casi todas las casas viven dueños de sus propios autos. Mi trozo de ciudad, aunque llueva con truenos y centellas, parece a salvo. Otra vez estoy para decírmelo: dichosa yo, me digo mientras veo cómo va despertando la perra. Abre los ojos y me mira con su aire de cansancio distraído. Me recuerda a todas las viejas que han ido siendo en mi familia. Se parece a la vieja que seré. No se dejó cortar el pelo, y le han puesto dos moños con puntos. Más bien parece una poeta desencantada.

40

Está la casa llena de noticias y a mí la que me atañe más es la que recuerda que hace doscientos años nació Chopin en Polonia. Absurdo. Están los terremotos, las elecciones, el miedo.

Está la pregunta de si podré escribir las historias de unas mujeres salvadas del espanto gracias a la ayuda de los refugios para quienes sufren violencia en sus hogares. Y está un cierto desorden en la ropa de nuestro cuarto. De pronto, al sacar un calcetín encontramos que está roto, que para qué habría que guardarlo roto, como para qué hay que colgar una camisa a la que no le quitó la mancha el jabón. Está la tele preguntando qué hacer con la economía de nuestro país y están quienes tienen las respuestas. Yo no estoy. Salí a caminar con los perros porque Nino me lo imploró con sus ojos de filósofo. Él demanda tan poco que me dio pena su súplica y decidí llevarlo a dar una vuelta.

Pasan los días como si fueran horas y de repente encuentro a alguien con quien quedé de hablar en diciembre y me ha dado marzo sin buscarlo. Yo no sé qué le hago al tiempo o qué hace el tiempo conmigo. Vive mi cabeza como si la rigieran las notas de un impromptu de Chopin. Notas veloces a las que suceden armonías lentas, como ensueños llamándose para hacer un viaje sin planes. Mi cabeza: uno de los impromptus de Chopin largándose a jugar, enredándome, bajando a la orilla de un lago y soltándome ahí, para que ese borde sea el principio de todo. O el final. Porque así es mi cabeza.

El siglo XIX fue el siglo del piano y en el siglo del piano Chopin fue el iniciador de un mundo sonoro que no existía antes de él.

Devoción por Chopin, por el frágil, intenso, desarmado e íntegro Chopin. Si tuviera que pedir un deseo, sólo uno, ligado a lo imposible y a lo mágico, pero que a nadie sino a mí beneficiara, no pediría ni el cuerpo de Madonna, ni el cuello de Penélope Cruz, que son antojos vanos, pero ni siquiera el místico nombrar de Karen Blixen, ni el ingenio de Jane Austen, ni la magnificencia de Rubén Darío, ni la desafiante imaginación de García Márquez. Todo eso lo dejaré como anhelos irremediables, porque sin duda pediría el gozo de tocar un impromptu de Chopin, aunque sólo fuera una vez. Nada me acercaría más a la sensación de conocer el absoluto. Eso creo.

41

El estrépito seguía a la caída de un niño. Tras el ruido seco de un golpazo, el llanto de un descalabrado con el pico de un columpio, el susto de quien salió volando desde la barda que dividía dos vecindarios, los niños corrían a avisar del accidente, mientras al fondo aún se oía un alarido. Hasta entonces, los adultos, que conversaban en paz abrazando su aperitivo entre los dedos, seguros de que el mundo de la infancia está mejor mientras menos se le interrumpa, iban corriendo a revisar si había sobrevivido el chamaco en ciernes. Inamovibles quedaban las abuelas, convencidas de que no había pasado nada grave. Y en cuanto veían aparecer al niño que aún lloraba, seguido por un enjambre de gritos describiendo la historia del accidente, una de ellas decía como quien declama la verdad que todo lo resuelve: «Denle azúcar».

De entre las madres que habían creído reconocer en el chillido el de alguno de sus hijos, se desprendía una en pos del agua oxigenada y otra en busca de las llaves del coche por si había que llevar al herido a que un doctor le zurciera la cabeza. Sin duda la otra iba tras la vieja receta: una cucharada de azúcar con la que acallar cualquier despropósito. «No tiene nada», era casi siempre lo que se decía: «¿Ya le dieron su azúcar?».

La solución a casi toda pena estaba ahí, tranquila y apreciada, en una azucarera.

Eran aquellos años en los que reinaba la majestad de los cristales diminutos, casi transparentes, que puestos contra el sol, en la palma de la mano, brillan como diamantes. Se le rendía homenaje a eso que ahora los ilustrados y los médicos tratan como al peor de los venenos. Asociada lo mismo a las fiestas que a los velorios, a los cumpleaños que a la Navidad, al día de muertos que al Domingo de Pascua, el azúcar tenía un lugar de honor en las celebraciones y era una buena compañera de las penas. Sin duda era dañina, como se ha descubierto hasta el cansancio, pero había menos enfermos por su culpa (o eso creíamos). Porque no se le asociaba a mayor daño. Nada parecía más inofensivo. Se hablaba mal de la grasa, aunque no se reparara de más en la diferencia entre la saturada y el aceite de oliva, pero el azúcar no era sino bondad.

Alguna vez fuimos a un ingenio, en Matamoros, la más cercana tierra caliente que tenía la ciudad de Puebla. Alrededor había plantíos de caña y desde el corte hasta la salida de un puño de buenaventura, cada paso mostraba un prodigio. Desde el acre olor de la melaza y la consistencia firme del piloncillo hasta que cada grano era un pequeño diamante, había un proceso largo. Y tan divertido de mirar y de oler que a mí tuvieron que asustarme con la proximidad de una noche lluviosa para sacar de ahí mi cabeza llena de fantasías.

Capaz que un sapo sí podía volverse príncipe. Si era posible convertir un montón de cañas trituradas en unos caramelos de colores, parecía fácil que un cascanueces se volviera bailarín, que los Santos Reyes viajaran por el cielo, que la muñeca fea resultara tan amiga de la escoba y el recogedor, que un comal hablara con una olla y que el domingo las hormigas salieran al campo, todas vestidas de rosa y blanco.

No volví a ver nada igual. Ni en Tequila, ni en la fábrica de ron, ni siquiera en las minas de sal. Ahí donde se seca el mar dejando unos montes blancos que escalamos con facilidad para luego bajar deslizándonos, sentados, por la pendiente. Ni cuando vi una bola de algodón convertirse en hilo, ni del cruce de tres hilos salir una tela, me sorprendí como esa tarde. Por eso, para mí el azúcar sigue siendo una vieja amiga, aunque cada vez tenga menos trato con ella. Antes no podía imaginarme terminando la comida sin un postre y a media tarde quería unas galletitas. Ahora ni se me ocurre.

Que tal cosa sucede, que uno se aleja de su prodigio, me lo diagnosticó mi abuelo materno, quien entre sus veinticinco mil intereses tuvo el de ser dentista. La amenaza de provocar un diente picado era la única mala fama que se le permitía al azúcar. Todo lo demás eran ventajas. Hasta el mal de amores se curaba con postres. Sin duda se le entretenía. Nadie hablaba, como ahora, no sólo de cuánto engorda sino de que casi cualquier mal puede venir de su textura. No sólo la diabetes no heredada, sino hasta el riesgo de Parkinson, el cáncer, algunos infartos y ciertas adicciones. Todo mal viene de ese bien. Si uno sigue leyendo el linchamiento de tan noble fortuna, termina asustándose porque hasta los catarros pasan por su influencia. Sin duda, vivir mata y antes no lo teníamos tan claro. Quizás porque la gente vivía menos.

Cuando yo nací, en 1949, la esperanza de vida era de cincuenta y ocho años. Ahora es de setenta y seis. Y aquí estamos todos los vivos, rezándoles a varios dioses, incluidos por supuesto los del futbol y los del almíbar, para quedar en la parte alta de la métrica.

Leo que en nuestro país la principal fuente de calorías es el azúcar. Y que eso es tan grave que ahora la salud se mide en kilos y en exceso de kilos ganados comiendo azúcar. El veneno del siglo XXI. Leo que en Estados Unidos, en 1700, una persona promedio consumía dos kilos de azúcar al año. Un siglo después la persona promedio consumía nueve kilos, en 1900 el consumo individual había subido a 45 kilos al año, y en 2009 a 250 gramos de azúcar al día, por persona. Lo que lleva las cosas a algo así como 90 kilos anuales de azúcar por piocha. Leo también que eso en México es parecido y que estamos a la cabeza de los gordos en el mundo. Lo que no equivale a que estemos ricos, sino a que la pobreza ha encontrado su camino a la energía comiendo y bebiendo azúcar.

A pesar de eso, los niños de ahora van a vivir más tiempo que los niños de mis tiempos. Hay ahí una contradicción que tal vez nos podría explicar Martín Lajous, uno de los más grandes enemigos del azúcar que ha dado nuestro país. Yo de oírlo tiemblo. El doctor culpa, con razón, a las refresqueras y a Bimbo de semejante mal. ¿Y qué hacer? Parece que es imposible borrarlas del mapa, pero se les ha aplicado un impuesto especial a los refrescos con lo que se espera reducir el consumo. Iremos viendo. Por lo pronto me curo la preocupación con la memoria: «Denle azúcar», oigo decir a una abuela. «Chúpate una paleta», decía la otra. Y, si era niña la recién nacida, el papá repartía chocolates en el bautizo. No había cumpleaños sin pastel y no había en el festejo quien no se lo comiera. «La gente era gorda o flaca —diría Juanita—, de su de por sí.» Y se moría por la voluntad de Dios. Jamás se habló mal del turrón, ni de los polvorones, ni del mazapán. Mucho menos de las azucareras. Nadie se imaginó que a la mesa llegarían, en su lugar, unos pequeños sobres de papel que, para mí, son el sinónimo más preciso de la palabra *desencanto*. ¿Quién le hubiera dicho al hada del azúcar, en cuyo nombre escribió Tchaikovsky una danza exquisita, que alguna vez querrían suplirla con el gnomo al que llaman Aspartame?

42

Cerca de mi casa está la pequeña parroquia de San Miguel. No es imaginable lo que eso significa para los oídos y la paciencia de quienes la sufrimos. Dueño es del territorio y sus campanas un cura que adora el ruido, así que no le basta con llamar a misa campaneando desde la madrugada, sino que en las festividades lanza cuetes haciendo un derroche que ya está de preocupar.

Esta semana ha llegado al colmo. Desde el sábado pasado empezó a celebrar que el martes iba a ser día de la Inmaculada Concepción, asunto que, como bien sabemos, en España se trata como fiesta patria, merece puente y consigue poner de acuerdo a los más acérrimos adversarios. Pasado el día ocho el señor cura nos dio dos plácidos días de tregua, pero el jueves volvió a la cargada preparándose para el día de la Guadalupana con petardos desde muy temprano.

Sin embargo, a pesar de todo lo muy oído, esto que sucedió el viernes superó cualquier previsión. Desde las cinco de la mañana, hasta las once de la noche del día 11, nos tiene agobiados con sus artilugios. Echa un cuete cada dos minutos. ¿De dónde saca para pagar semejante escandalera? ¿Cuánto hay que juntar para acallar su enjundia celebratoria? Anoche asustó a los perros de la vecina, que son unos remedos de lobos muy sensibles, y sus aullidos acompañaron la madrugada con un doble escándalo. No me explico quién le autoriza tanta boruca ni sé por qué las autoridades no lo moderan, ni entiendo cómo es que nosotros, simples pero asiduos vecinos, no nos hemos atrevido a ir a callarlo. El caso es que nos espera una noche de perros.

Con el pretexto de que la Guadalupana bajó al Tepeyac, este cura tratará de enloquecernos, como si supiera que a mi familia el asunto de la tilma de Juan Diego la tiene más ensordecida que escéptica, cosa que nunca hubiéramos creído posible, dado que el escepticismo es grande, pero por desgracia no superior al ruido. Aquí le tenemos miedo al 12 de diciembre. Nunca se sabe qué se puede esperar. A la carretera no vamos ni de chiste porque los peregrinos la cruzan con los niños en hombros, o en bicicletas. En el mejor de los casos en camiones iluminados y carros alegóricos. En el peor, de rodillas. Éste es un culto serio y quienes no participamos de él le tememos tanto como desconfianza nos provoca. Y aquí vuelve otra vez este loco con sus cuetes.

43

Todas las familias hacen ruido, pero la nuestra podría ganar casi cualquier concurso que tuviera como fin darle un premio a la buena mezcla de emociones cruzadas por decibeles. ¡Qué manera de gritar la de los hermanos Mastretta Guzmán con todo y sus cónyuges y sus hijos!

De tanto saberlo, en los últimos tiempos se nos ha ocurrido comer en el jardín. Así es como hasta los perros han logrado aceptar que es mejor el aire libre con tal de que nuestro vocerío se apacigüe entre los árboles que nos rodean.

Sin embargo, ayer, cuando el naranja de la tarde se tiñó de rojizo y de viento, hubo que entrar a la casa con todo y nuestros cantos.

Antes habíamos puesto muchas veladoras entre los pensamientos del jardín y cantado «Mambrú se fue a la guerra» en una versión a la que yo, en la infancia y sobre los desvelos de mis hijos, le agregué dos estrofas que hacen que Mambrú vuelva de la guerra y busque la paz.

Siempre hacemos una rifa con dados. Hemos vuelto el asunto una tradición con cuyas anécdotas podríamos hacer un historial divertido. Creo que si nos sentáramos a hablarlo encontraríamos que nuestras versiones de cada encuentro no siempre coinciden en los detalles, pero sin duda sí en la certeza de que llevamos años divirtiéndonos con este juego idéntico que siempre termina distinto.

En la versión de mi hijo Mateo él nunca se ha sacado ni uno solo de los dibujos precisos y perfectos que hace su tío, el célebre y celebrado diseñador industrial Daniel Mastretta. Lo que yo veo es que la pared de su cuarto tiene nueve espectaculares automóviles dibujados por el tío. No sé quién se los sacaría en la rifa, pero son suyos. Siempre han sido los dibujos de Daniel y las pinturas de Verónica los premios más codiciados de nuestra lotería.

Un día dispusimos que nadie llevara regalos porque aún nos falta por repartir varias cosas queridas y dejadas en la casa de mi madre. Teníamos más de veinticinco: grandes, chicas, medianas, viejas, nuevas, memorables o nimias. No pasamos de las primeras cinco. Por ley, por herencia y por necios, mis hermanos toman tan en serio los juegos que hasta los de mesa los llevan a gritar como si estuvieran en un autódromo y les fuera la vida en la premiación. Conmueven.

Sin duda, hay más cosas bajo el cielo de las que sueña nuestra imaginación. Y, a veces, basta que la vida nos guiñe un ojo para que se abra una tregua en lo imposible. Pasó la Navidad con sus castañas y su risa, sus velas y su amparo. No sabemos qué será de mañana, pero la luminosa noche del 24 bajo los volcanes, y la tarde de ayer bajo la euforia, no pasarán de mi ánimo a mi olvido.

44

Amanecí triste como la violeta en la ventana de mi estudio. A ella se le marchitaron algunas flores, yo tenía la piel opaca y unas ojeras demasiado sobrias.

Triste estuve durante media mañana, con ganas de llorar aunque hubiera buen clima, con hambre pero sin antojo, memoriosa y desmemoriada. Tuve un amor al que casi pude ver bajo mi almohada. No recordaba en cambio qué día era hoy. Y un dedo me dolía. ¿Voy a tener artritis? ¿No es ése un mal como de los setenta para arriba? ¿No tengo yo menos? ¿O tengo ciento ochenta, pero ya no me acuerdo? ¿En dónde puse los anteojos? Aquí estaban mis aretes, pero ya no los veo. ¿Qué fue de mi alma que ayer andaba queriendo cantar y hoy no quiere ni andar?

No sé qué me pasaba. Una zozobra como la que hay que tener cuando uno carga al mundo y sin embargo una hondura a la que el mundo le importaba tan poco. Sólo yo, sitiada en mi piel. ¡Qué tristeza! ¡Qué ganas como de patear un bote, como de acomodarme en un rincón volcada la cabeza entre las piernas. *¡¡Despierta, mi bien, despierta!!*, decían «Las mañanitas» que desentonaron anoche los nietos de un amigo que cumplió años. Eran como las dos de la mañana. Entraron al salón con un pastel y le cantaron también: *Te estás haciendo viejito, canoso y arrugadito*. Se rio con ellos. No sé qué tanta gracia le hizo. De cualquier modo estaba feliz con su fiesta de cumpleaños. Tanto que fue capaz de bailar como Elvis Presley. Yo, hasta ese momento, creí que lo conocía a cabalidad, pero esa parte me descubrió a un desconocido. Y nos reímos tanto y tantísimo nos desvelamos. Ha de ser por eso que amanecí tomada por una desazón inhóspita: por la falta de sueño. Dormir cinco horas siempre da tristeza. Se ve el mundo despostillado.

Supe como a las diez, tras tres horas de dar vueltas sin sentido, que era por sueño que andaba desasida, pero no moría yo de sueño sino de ganas de llorar. ¿Como por qué? Nunca faltan motivos, el caso es que yo me organizo de maravilla para esconderme de ellos. Y hoy no. Hoy sólo llorar quería. Subí a mi estudio y estaba todo en orden. La buganvilia tenía más flores que nunca, pero le pesa demasiado al árbol. Pobre árbol, si hablara me diría horrores.

Apenas son las diez de la mañana. Uno llora en las noches, llora por desamor, por juventud, por soledad, por pérdidas. O porque sí.

Y por todo: a llorar. Treinta segundos, pero claros. Y luego el cuerpo en paz, el alma otra vez despierta. Y ni un berrinche, ni una nostalgia, ni un pío de pena en lo que de tiempo le quede al día. Moverse, leer, pensar en los demás que de verdad tienen motivo y medio para llorar. Yo, lo que tenía era sueño.

Sueño de ése que el paso de las horas y una aspirina convierten en euforia. Sueño del que se cura llorando. Llanto del que se alivia con un sueño.

45

A veces, en las tardes, llevo a los perros a dar un paseo por los alrededores de mi casa. Como uno está brioso y la otra muy vieja, es difícil lidiarlos a ambos al mismo tiempo, pero a mí se me dan las empresas necias así que me largo a la calle con una correa en cada mano y cada perro hilvanado a su correa. Así la tontería, tuve un percance que pudo terminar en calamidad.

Vivo cerca de una mujer a la que admiro desde hace mucho tiempo. Fue la primera persona a la que entrevisté en aquella época rara en que me parecía creíble poder ser periodista. La China es una mujer fantástica cuya cabeza llena de fábulas ha sabido contarlas entretejiendo las palabras hasta volverlas un retablo barroco y sonoro como las propias historias. Me gusta visitarla cada vez que puedo, que es casi cada nunca. Llegué a su casa como si nada e irrumpí en su tarde para retomar una conversación que no se terminaba. Eso hice, pero para lograrlo tuve que cruzar una calle abigarrada de autos a los que les urge alcanzar la luz verde en el siguiente semáforo y corren tras el amarillo sin detenerse en los paseantes. Como les temo a mis despistes, juro que me fijé muy bien si podía lanzarme al arroyo. Cuando me pareció pertinente, les dije a los perros «vamos» y caminé sin más. El joven brioso corrió estirando su correa, pero la viejita se detuvo en seco y como la jalé para apurarla y está más flaca de lo que parece, su collar se me quedó en las manos mientras ella meneaba la cabeza como preguntándose por qué tanto ajetreo. De repente tenía un perro del otro lado de la calle y otra inamovible a mis pies. No sabía yo qué hacer. La elección estaba entre jalar a uno o pescar a la otra. Tiré la correa del Nino pidiéndole que no se moviera de la acera que había alcanzado temblando y levanté a la otra del suelo al que parecía pegada. Mientras, y para mi fortuna, los automovilistas se habían detenido a contemplar el espectáculo de mi trastabillar. Como pude alcé a la viejita y corrí a serenar al otro pobre, que me miraba sin saber quién de los dos estaba más perdido.

Cuando llegué a la casa de la China, sentí lo que debió sentir Colón al pisar tierra. Y todo, a dos calles de mi casa.

46

Antes yo hablaba con los muertos, ahora ellos me hablan. Desde un guiño, un ademán o una ironía de los vivos, oigo hablar a los otros. Aparecen, contándose.

Y no me dejan sola. Cada vez son más ellos que nosotros. Cada vez, más veces, hablo de quienes ya no están con quienes no les conocieron. Y sé que hay cosas que no podré contar, porque ni quien esté para oírlas. Hay lo que sólo pasó entre dos y falta el otro. No puede haber ¿te acuerdas?, sino con quien lo hubo.

Le digo a alguien muy querida que no sé de cuál cosa escribir. Veo todo tan confuso. Y traigo muerto al duende de contar. Siempre, en noviembre, pienso en los muertos. Y para mí a cada rato es noviembre. A veces son las nueve de la noche de un día cualquiera, en agosto, y se me antoja ponerle un altar, con flores naranja, a toda mi parentela. Y hacer una fiesta.

De semejante antojo ha de ser que están hechas las ceremonias de noviembre. Cualquier pretexto es bueno para convocar a una conversación de ultratumba. Y comer mientras la tenemos. Qué regia una comida con la mirada suave de la antropóloga Guzmán. Y una platicada con las historias que decía no saberse bien. Media vida de Catalina Ascencio la imaginé con ella. Y con su gesto de diosa.

Yo solía llamar a mi padre si no quería que lloviera. Les enseñé a mis hijos que uno podía pedirle lo que mejor necesitara: que no empezara a tiempo la película, que abrieran tarde la puerta de la Feria del Libro Infantil, que la medalla de oro en la gimnasia le tocara a uno de ellos, que el concurso de inglés tuviera la pregunta sobre las preposiciones que mejor se sabían, que al mercadito de La Cibeles llegara pronto el —ahora también entre los muertos— nuevo juego de Nintendo.

Ese tipo de cosas le pedíamos, porque tiempo antes dejé de confiar en su criterio para asuntos mayores. Dada su precaria eficacia. Era bueno llamarlo si se perdían las llaves, si un personaje sobraba en las cuartillas, si andaba yo tristeando. Pero tanto como pedirle un buen novio fue arriesgado, porque durante un buen rato anduvo distraído, y pasaron por mis veinte años varios especímenes de temerse. Por eso ni pedirle cosas definitivas. Ésas hubo que dejárselas al destino. Fue así como di con las piernas de mi abuelo revividas de golpe, en la reminiscencia, cuando un hombre que hablaba de asuntos muy serios se levantó para despedirse de una reunión a la que acudí justo por órdenes del destino. No había muchas sillas y a mí me había tocado el suelo para conversar. Piernas largas, manos largas. También yo me levanté. Y caminamos. Yo con las piernas de mi abuelo y el raciocinio de mi padre. Él quizás con la sombra de su diminuta abuela asturiana. Dos vivos hablando de futuro con sus muertos. A la larga, por eso nos casamos.

Antes añoraba a mis muertos, ahora se me aparecen. No como fantasmas, ni como avispas, ni en sueños; sino en la nariz, los ojos, el carácter, las expresiones de sus descendientes. Y la voz. Mi hermana ha empezado a hablar como nuestra madre. Su hija sostiene, en cada pizca de sal y hasta la última palabra, las certezas culinarias de su abuela. La nieta rubia de una tía morena recuerda su perspicacia. Y ni sus ojos azules, en contraste con las canicas negras de la tía, opacan la memoria de aquel discernimiento. El modo en que el hijo mayor de una mujer que fue valiente y sencilla me responde un correo electrónico tiene su suavidad. Aunque él ya sea director de quién sabe cuántas empresas, su mamá hace lo suyo y me lo acerca.

«Leonorcita», llamo a mi amiga Leonor. Y mi lengua la mueve el marido que aún tiene cuando sueña. Nunca le dije así mientras él andaba vivo. Por eso afirmo que aparecen. Los vemos en los otros o en nosotros. Habla por nuestra boca su presencia.

De pronto paso frente al espejo y ahí está la tía Tere abriéndome la puerta de su casa: «Entra, que me caes como agua de mayo», dijo. Ahora yo traigo sus ojeras. Y quiero sonreír como ella. No puede estar esa energía en ninguna parte.

Canto por la escalera. ¿Quién cantaba todo el día? Mi suegra. Eso me cuenta, detenida a mi lado, mientras su hijo anda cantando «Estrellita del sur». Que su madre le mandaba callarse porque no era refinado andar haciendo escándalo. Yo no estoy para escuchar a su madre. Estuve para cantarles a sus nietos. Canciones que han de cantarles ellos a sus hijos.

No es necesario nombrarlos, llegan solos. Hace poco, a mi hermana se le anduvo apareciendo un niño. Ella heredó la pintura desde la que hablan unos ojos que preguntan quién sabe qué. Era más de la medianoche cuando vio la hora brillar en su teléfono. Y entonces, se levantó. Fue caminando por el pasillo en penumbra hasta dar con la boca «pequeña e indescifrable» del tío abuelo que no creció nunca. «¿Nos conocimos?», le preguntó en mitad de la noche.

Como ven, no estoy sola en esto de hablar con quienes parece que no están. Fantasmas hemos de ser. No está mal ir adelantando la conversación.

47

Desde hace veinte años, los domingos viene Toña y prepara un desayuno frente al que nos sentamos a leer los periódicos y comentar los delirios del sábado. Toña ha sido mi cómplice muchas veces en estos últimos años. Los primeros cuatro vivió con nosotros, luego se fue tras su segundo hombre, un borracho tan pendenciero como el golpeador monstruoso del que huía cuando vino a trabajar a México. Toña había dejado en el pueblo —con sus papás—, a siete hijos. Luego, con el nuevo monstruo tuvo dos más. Yo no pude hacer nada para evitarlo, pues en mis narices y sobre mis palabras se fue con él. Escondida de mis ojos tuvo a bien embarazarse la última vez. Se quitó el aparato anticonceptivo idéntico al mío, que nos puso el mismo doctor, alegando que en el pueblo le habían dicho que daba cáncer. Y no pude convencerla de lo contrario. Perdí con ella esa batalla y varias otras. Mucho más hemos ganado juntas. Y sigue viniendo, aunque sólo sea un rato a la semana, los domingos. Hace ocho días se cayó, se lastimó una costilla y no pudo venir. Así que amanecimos resueltos a preparar nuestro pantagruélico desayuno para demostrarnos lo útiles que podemos ser. Lo hicimos muy bien mientras no hubo que tratar mucho con el fogón. El jugo de naranja y las frutas nos quedaron perfectos. Hasta ahí nos acompañó Mateo que había tenido una noche extenuante. Cuando vio acercarse el trasto con el aceite y las fritangas, se retiró a sus habitaciones y nos dejó huérfanos de la célebre habilidad culinaria que sólo le conocen su novia y la familia de mi hermana. «Farol de la calle», lo llamaría mi padre. Expuestos a los elementos, Héctor y yo quemamos las tortillas que pretendíamos dorar en el hornito eléctrico. Después la desgracia pasó de menor a estrepitosa. En memoria de la perfección con que los freía su madre, Héctor quiso guisar dos huevos estrellados, con burbujas en las claras y ternura en las yemas ardientes. Pero las cosas en la memoria son siempre más simples que en la realidad. Lograr esa combinación es muy difícil. Sólo las mamás. Héctor culpó a los sartenes y a las palas. Yo redimí a los instrumentos demostrando que con los mismos podía hacer otro, pero él ya no lo quiso de mis manos que nunca serán como las de su madre, cosa cierta como pocas. Así que mientras él caía humildemente en un pan con jamón y queso, yo salvé al huevo de la perdición y me lo comí encantada. Faltaron los frijoles que tras tanto lío se nos habían olvidado y ya no intenté calentar una tortillita para que no se enfriara el huevo. Por fortuna llegó el momento del café y el pan con mantequilla, ahí salimos airosos como los más.

Hasta su casa, Toña oyó nuestras invocaciones, porque llamó para avisarme que está mejor. Yo mentí diciéndole que lo hicimos muy bien sin ella y que no se preocupara. La extraño.

Luego los perros y yo nos dedicamos a leer y a papar moscas. Aclaro, porque no faltará quien me corrija, que los perros de esta casa sí leen, o engañan, porque pasean sus ojos y sus patas por el reguero de periódicos que yo voy dejando en el suelo, y lo hacen con gran concentración.

48

Miriam, la hija de mi privadísima Scherezada, tiene tres hijos. De quince, doce y siete. Su hermano los ha visto crecer y ha ido siendo padrino de cada uno. Él y su esposa llevan años queriendo un hijo, pero no se había podido. Primero porque la naturaleza decidió ser cabrona y luego porque el DIF no consideró pertinente dárselos en adopción. Tardaban y tardaban en los trámites. Indagaron lo del *in vitro*. Se puede, pero cuesta un dineral. Para casos como el suyo puede haber vientres de alquiler. Una de esas extravagancias costaba ciento cincuenta mil pesos. Más la lidia con la desconocida dueña del vientre. «Pero si yo presto el mío», les dijo Miriam a su hermano y a su cuñada. Ellos le tomaron la palabra.

Miriam no es una mujer que presuma de generosa; es más bien callada, tímida y hasta recia. Quién lo diría, pensé. Cuando estuvo listo el embrión, vivo y coleando, se lo implantaron. Un médico, cuya clínica está en Palmas y al que acudían contra toda opinión razonable. Yo seguía sin creerlo. No la vi nunca, viven más allá de Indios Verdes, como a dos horas de mi casa, pero su madre me iba trayendo el chisme. Que a la Miriam ya se le ve la panza, que ya les explicaron a los niños lo de que ahí está su primo y no su hermano, pero que de todos modos la más chiquita se está poniendo celosa; que Miriam trajina como si no estuviera embarazada, que ya pasaron seis meses, que se ve muy bonita otra vez, como las otras veces; que todos están muy entusiasmados, que Angélica ha comprado dos cunas y hará un bautizo grande; que ya pasaron ocho meses y que ahí viene la cesárea.

Irreal, dirían algunos. En este mundo con tantos egoístas, Miriam pasó por una cesárea y por lo que se fue necesitando, para que pudiera nacer Elian Emilio, el hijo de su hermano.

«Está precioso», dice la abuela. Rara abuela de un nieto doble. Miriam vuelve a su cuerpo, queda guapa. «Hasta más que antes», dice Virginia. Porque está muy delgada y floreció. Anda en la calle con sus tres hijos, en la Feria del Sagrado Corazón.

«Mira», dice un señor a su mujer, «ésa es la muchacha que le regaló el otro niño a su hermano».

Virginia se enoja: «No sabía, ni se lo preguntó, ni preguntó la historia, pero bien que anduvo de hablador. Así es la gente», dice, «opina de lo que no sabe».

Y tiene razón, yo por eso quiero contar esta historia, porque sé de lo que hablo y me parece digno de pregón. Hay gente buena. Hay destellos de realidad, que parecen irreales. No abundan las hermanas así.

49

Se han quedado dormidos, como tres benditos: el perro, la perra y un berenjenal. Volvieron del viaje cada uno en su cauda. Ella, sobre todos: un berenjenal.

Como nunca hermoso, caótico, hermético, todo en el bullicio se quedó dormido. Y ella quieta, exhausta, llorando de tanto contener el llanto, se quedó perdida sin más lágrima ni más tregua que la memoria de tres días de fiesta. Dichosa y tan triste de tan bien querida, de tan bien queriente. Hubo la fiesta, regresó la guerra, entraron, en lunes, la luna en libra y el sol en lujo. Ella amaneció en la casa de los niños, no en la de su infancia, en la de sus hijos. Casa de cristales, casa de acertijos, casa sin ambages. ¿Fue la fiesta ayer? ¿O antier? Antier. Bebió su té, llegó su hermana. Y una promesa: he de estar contigo, dijo, un día, como tú hoy conmigo. Qué cosa tan loca, decirle, contigo, a ella que de tanto verla ir y venir, la sabía siempre ahí. Aunque alguna se fuera, aunque alguno, aunque tantos.

Tuvieron que volver a la casa de México, la casa en la que viven los otros de los suyos. Volvieron sin más

remedio ni remiendo que el del campo mirándolos
marcharse. Tuvieron que volver la mujer y los perros.
Ellos porque así son: suben al coche, duermen, comen, olvidan. Ella porque así es. No es ella así, sino
la cosa es que así es. Volvieron a la tarde de la ciudad
inaudita. Hubo una fiesta, antier. Mejor aún de lo que
fue soñada, fue la fiesta. Fueron el vino y los fuegos de
artificio. Fue todo. Hasta la misa, en la que comulga-
ron incluso los que hace siglos dejaron de creer que
hay dioses en las hostias, justo porque ya creen que
en los otros hay dioses. Y ella no comulgó. Ni se dio
cuenta. En caso de hacer cuentas podían contarla a
ella entre los comulgados. Porque estaban de fiesta y
de lejos se saben los cantos y los rezos de una fiesta.
Bailaron. De qué modo bailaron. Ella que tiene dos
pies y medio, bailó sobre las puntas de uno y medio,
hasta la madrugada en que niños y viejos se fueron a
dormir para soñar que aún seguía la fiesta. Y cuando
despertaron ahí seguía la fiesta. El desayuno, la vaca-
ción, la adolescencia. Todos, hasta los jóvenes habían
dejado de ser y seguían siendo adolescentes. Porque
de todo adolecían esa mañana. De no dormir, de haber soñado, de tanto reírse, de tan bien, de tener en el
cuerpo hambre de todo. Despertaron de la primera
siesta tras la fiesta y fueron a dejar a los novios al camino. Luego ellos mismos, los demás, se fueron al
camino.

50

Hay gente buena. Es cosa de dar con ella, porque ésa, como los amores, no se busca, se encuentra.

Hicimos, el mismo día, el viaje de Lanzarote a Milán, con una parada en Madrid. El primer vuelo fue, en efecto, como volar. Todo salió fácil, a tiempo, con suavidad. Para colmo de nuestra paz, el avión no iba lleno y amistamos con los dos azafatos, una mujer y un hombre, guapos, bien humorados, buenos conversadores. Todavía íbamos en caballo de hacienda porque de Canarias a Madrid corrió nuestro viaje por cuenta del banco. En dos horas nos dieron de comer, nos contaron sus vidas y hasta oyeron parte de las nuestras. Luego desembarcamos en el fantástico aeropuerto de Madrid. Creo que lo llaman la terminal cuatro. Precioso lugar. Hasta se le olvida a uno que es aeropuerto. Ahí cambiamos de avión y de clase social. A turista como las turistas que éramos. Y con los trabajadores que son los que viajan en turista. Dentro de todo, dentro de tres asientos en donde pueden ir dos, hicimos un viaje normalito.

Junto a nosotros, en la ventana, viajó una mujer joven leyendo un libro en inglés. Ensimismada.

Como a las dos horas y algo de vuelo, cuando se pensaba que estábamos prontos a aterrizar, el piloto nos dirigió la palabra para contarnos que en la pista del aeropuerto de Linate había un accidente y que tendríamos que bajar en Malpensa. Hasta entonces le oímos la voz a la ensimismada lectora. No lo podía creer, nos preguntaba como si en nuestras manos estuviera la respuesta: «¿Y a mí quién me va a solucionar esto? ¿Y cómo voy a llegar a mi hotel que está a cinco minutos de Linate? ¿Cómo voy a pagar el taxi si es lejísimos? ¿Por qué nos pasa algo así? ¿Un avión en la pista? ¡Pues que lo quiten! Yo tengo que llegar a Linate. Mañana tengo juntas desde las ocho. Y yo no puedo perder este trabajo».

Daba ternura oírla. Nosotros nunca hemos conseguido volar Madrid-Milán o de regreso sin un contratiempo. Horas de retraso, abandono del avión, sin duda pérdida del equipaje y regaño de alguien de entre lo que se llama «personal de tierra». Así que la aparición de una trifulca no se nos hizo tan rara. Además, al día siguiente nos esperaba una jornada amable. En cambio, a la pobre Covadonga le tocaría un encuentro con los representantes italianos de una transnacional en tratos con la transnacional en que ella trabaja. Pobre Covadonga, tenía el aliento en vilo. En verdad conmovía oírla.

Le dijimos que no se preocupara, que la invitába-
mos a subirse en nuestro taxi y la llevábamos hasta
Milán. La incredulidad se le plantó en los ojos. Y
aterrizamos, como era de esperarse, en una estación
remota así que, cuando el avión se detuvo, las puertas no se abrieron hasta que llegó el transporte que
nos llevaría a la terminal. Mientras, la retahíla de
hombres que atestaba el avión, bajó, al unísono, las
maletas, para una noche, que iban en los comparti-
mentos superiores. Y empezaron a empujar como
si de algo sirviera. Por fin llegaron dos camiones,
dos buses, dos autobuses, dos transportes o como se
les quiera llamar en nuestros respectivos dialectos,
a esta suerte de trenes del metro que aparecen en los
aeropuertos como aviso de que algo anda mal. (En
México se les diría dos camioncitos.) Los hombres
corrieron a subirse como si con su prisa adelantaran
algo. Covadonga nos siguió sin interrumpir su dis-
quisición sobre lo malo de los contratiempos en los
viajes. Hacía rato que la noche era noche. Llegamos
a la terminal y verla fue acabar de caernos de la ca-
rroza de Cenicienta. Un lugar gris, mugroso y por lo
mismo inhóspito en el que hubo que buscar la banda a la que llegarían nuestras maletas. Y Covadonga
vino con nosotros. Era una rubita de ojos claros,
con un *jumper* gris y unas zapatillas de plataformas
curvas al final de unas piernas largas y bien hechas.
Una mezcla de niña con uniforme del colegio y eje-

cutiva a medio vestir. Su maletita para una noche y un bolso grande.

El equipaje empezó a llegar despacio. Esperábamos el nuestro. Dos maletas normales y una chiquita. Bajamos dos de la banda y luego vimos cómo ésta se iba quedando vacía hasta que una mujer con apariencia de sargento despeinado gritó para que la oyéramos los diez pasajeros estupefactos que seguíamos esperando, que lo que no había llegado, ya no llegaría y que pasáramos con nuestros boletos de embarque a la ventanilla de reclamos. Faltaba la maletita de mi hermana. Una que se había comprado en Lanzarote, en un puesto callejero, por veinte euros, cuya utilidad me había presumido muchísimo y con razón. Covadonga vino con nosotros a pesar de que Iberia anunciaba ya la última salida de los autobuses que podrían llevar pasajeros de ahí a Linate, nuestro destino original. De pronto ya no se sabía quién protegía a quién. Nosotros la habíamos invitado a nuestro taxi pero, habiendo otro medio, ella debía tomarlo y dejarnos lidiar con la sargenta italiana en busca de la maletita. Se lo dijimos, pero no. Covadonga dijo que no se iba. Le aclaramos que esto de las maletas perdidas era lo nuestro y que no se preocupara, fuimos al baño por turnos, volví a pedirle que se adelantara y por fin, como una niña desvalida, me dijo que ella sin nosotros no iría a ninguna parte porque, no le daba vergüenza decirlo, tenía miedo. «No conozco a estos hombres, no sé qué puedan querer y no me voy a ir sola con ellos a ningún lado.» «Pero Covadonga, esto puede ser eterno.» «No importa, yo les espero», dijo. Y mientras esperábamos nos contó a qué había ido a Milán, por qué llevaba una botella de vino, cómo había conseguido su hotel por internet y por qué la compañía la había mandado a ella esta vez en lugar de a su jefe. Y no se iba. Verónica apuntó sus datos, dio la dirección en que estaríamos, firmó, volvió a firmar y por fin terminamos el trámite. Yo me empeñé en un taxi. «¿Qué vamos a hacer en un autobús espantoso?» «No es espantoso, verás, y es gratis, como debe ser», dijo ella empujando mi maleta. «Covadonga, ¿a dónde vas con eso?», le pregunté, pero ella arrancó a andar tras un señor que nos urgía a correr para que el autobús con los energúmenos del avión no nos dejara. Y mi hermana detrás, aliándose con ella para evitar el taxi. Llovía. Al salir vi lejísimos la línea de taxis y más cerca el autobús, pero ¿quién quería atenerse a un autobús proporcionado por no sé quién que nos llevaría a no sé dónde? Covadonga. Había dos, pero uno ya estaba lleno y arrancó. «Este va a tardar horas en salir», dije necia con el taxi. Pero mi hermana y Covadonga ya habían hecho mancuerna. Así que pusimos las maletas en el autobús (es decir, Covadonga puso las maletas en el autobús) y subimos a sentarnos en la primera fila.

«Está bien esto», comentó mi hermana. Las ventanas del frente eran inmensas, planas, y daban al horizonte de una de esas carreteras italianas que siempre se ven perfectas. Los autos y la moda son de los italianos. No el buen modo. Pero para reírse con uno estaba Cova diciendo todo lo que le pasaba por la cabeza. «Pues ahora tendré que llamar a mi madre y engañarle para que no se preocupe.» Y la llamó: «Sí que estoy muy bien, que me he encontrado dos señoras muy amables, que ya vamos a Linate y te llamo al llegar al hotel».

Cuando colgó nos preguntó la razón de nuestro viaje y nosotros le hicimos toda la historia. «¡Pero qué barbaridad, qué bien ustedes! Y yo nada. Voy a cumplir cuarenta y no he hecho nada. Nada más que perder a un hombre.»

«Te habrá perdido él a ti», dijimos.

«Qué va, qué va, si el que se ha marchado es él. Me lo puso así: me voy, ya no te quiero. Siete años le llevó dar con eso. Y me morí. Esa noche me morí. Desde entonces es que no hago una. No hago una.»

«Covadonga, querida, ya tienes hambre», dije sacando de mi bolsa unas almendras.

¿Cómo pudo alguien dejar a esta criatura?, pensé. Hombre necio: con la mitad de una mujer como ella, podría hacerse un ejército. Empujó nuestras maletas, esperó nuestras maletas, corrió con nuestras maletas, y todo creyendo que lo hacía porque nos necesitaba. Cuando la necesaria era ella.

Al llegar a Linate nos despedimos como si fuéramos parientes. Mi hermana y yo tendemos a emparentar con facilidad, pero es que Covadonga empujando una maleta y necia con subirnos al autobús hubiera podido ser de la familia. Aunque se dedique a la venta de no sé qué tornillos, aunque lea libros de administración y no le dé por la literatura, aunque crea que los hombres hacen bien dejándola, Covadonga puede caber en este libro que nunca leerá porque lo suyo no es la poesía, ni la música, ni los diarios. Lo suyo es lidiar el mundo a pie, y ganarle a su modo. Creyendo que la ayudan, mientras ayuda.

51

Al volver de la calle vi un petirrojo en la punta de mi sauce llorón. Estaba ahí quieto y quieta me quedé yo mirándolo, desde lejos, para no asustarlo con mis pasos, porque la maravilla de un instante rojo sucede sólo de vez en cuando.

52

Traje la foto de un niño que nos miraba intrigado, como si quisiera hurgar en nosotros en busca de un secreto parecido al que nosotros buscábamos en el río. Fuimos a la Amazonia peruana. En un barquito que visto desde fuera parecía de cristal.

Perdido en la mitad de aquella nada y aquel todo, el niño tenía cerca dos perros flacos y en las manos una Coca Cola. Difícil mejorar esa estampa que apareció en mi cámara junto a las de los amigos pescando una piraña y la mía rascándole la panza a un caimán diminuto, cuyas mandíbulas apretadas parecían una sonrisa. Toqué su piel fría llena de texturas: húmeda y brillante. ¿Cómo pueden hacer bolsas con la piel de estas bellezas? Con razón son tan caras. Y tan feas como hechicera es el alma de quienes envuelve. Porque juro que aquel caimán tenía alma de ángel. Y que algo de candor y lujuria hubo en cargarlo. Un contagio de ese mundo que no entenderemos nunca, por más que intentemos tocarlo, hundirnos en él, abrigarnos en su silencio de gigante. La selva reflejada en el agua. Y nosotros atisbando las mañanas como promesas y la tarde de espejos en pos de una serpiente que nunca apareció y de una luna que salió del agua y fue subiendo mientras los treinta y dos viajeros nos quedábamos mudos, atentos a un rincón de la Amazonia yéndose a dormir.

Un rato oímos a los pájaros enterrándose entre los árboles mientras los changos acallaban sus palabras sin letras, las serpientes enroscaban su largo arrastrarse entre los pastos, las ranas y los grillos iban afinando los instrumentos de la orquesta con que interpretan el fondo de la noche. Un sonido sin estruendo, pero acompasado como si lo dirigiera alguien desde su pódium invisible. La selva y ese río son una letanía de misterios. Y uno va viendo hasta embriagarse con la certeza de que nadie predomina en ese mundo.

Todos somos iguales: las serpientes, los pájaros carpinteros, los delfines rosados, las cigüeñas, los murciélagos y los caimanes. Los turistas, los guías, la gente que en los pequeños pueblos se asoma al borde de sus casas sobre el río y mira el paso del día y la noche sin leer las noticias ni saber que en Egipto hay una guerra y en México un desmadre. Todos iguales. Nadie sabe y a nadie le importa quién es escritor y quién gobierna. Quién camina y quién vuela. Quién es médico, quién comerciante, quién llegó desde Hong Kong o cuántos desde Bélgica y Australia. Changos, manatíes, pájaros azules o remeros montados en cayucos, todos estamos en el mismo pasmo frente a la misma inconsciente belleza que nos rodea. Incluso los guías, acostumbrados a mirar el estupor de los visitantes, van también sorprendidos. «¡I-nau-di-to!, ¡ma-ra-vi-llo-so!, ¡es-pec-ta-cu-lar!», dice George, un joven de la zona que estudió etnobotánica en Iquitos, miembro de una familia con trece hijos. Aprendió a leer y terminó la primaria en una casa de bejuco construida para escuela entre las veinte casas de su comunidad. Lo dice en apariencia como parte del juego con que acompaña a las visitas, pero no se finge semejante. Además, la verdad es que también a él todo le resulta ¡in-cre-í-ble!, ¡ma-ra-vi-llo-so!, ¡in-com-pa-ra-ble! No se iría de ahí nunca y así lo dice, por más que nosotros estemos pensando que sería un éxito en la televisión.

Y eso antes de verlo, la última noche a bordo, tocando el bongó mientras a una viajera que andaba en vilo le dio por cantar con la pura embriaguez que había en el aire tibio.

Iba en nuestra expedición un hombre que fingía ser cascarrabias para contradecir a su esposa, una eufórica de mi calibre que con cada utopía entremetida en la selva saltaba al frente de la lancha con los ojos dispuestos a que se abriera el cielo. «A mí tanto verde me da claustrofobia», dijo él cuando entramos a un canal muy angosto en busca de la esquiva anaconda. «Aquí no hay ruido, no hay polución, no hay tránsito insufrible, no hay cáncer, no hay neurosis. A cambio, claro, hay que vivir en medio de la nada.» Reímos. «No le tomes en serio», le dijo la mujer al mexicano que navegaba junto a ellos. «Claro que lo tomo en serio. Tiene toda la razón. Éste no es lugar para quedarse», contestó la flor de asfalto que no podía estar más de acuerdo. Entonces los dos se pusieron a discurrir que la selva está bien para mirarla un tiempo, pero sin dejarse ganar. ¿Vivir ahí? Impensable, acordaron. Hay que venir un rato y luego despertar.

En el castellano de mi infancia había quienes usaban el verbo *recordar* como sinónimo de *despertar*. Aquí cabría usarlo así. Al volver de aquel viaje insólito, ya en el avión, después de tanto sueño, hubo que ir volviendo a la otra realidad. Porque ninguna nostalgia mueve lo que un deseo. Y el futuro está en desear.

De eso se trató nuestro regreso al mundo de todos los días. A la otra fiesta.

De cinco expedicionarios, como si algo le hubieran arrancado al entusiasmo, porque hubo que perder en el sur al chileno vehemente que convocó aquella quimera, a México volvimos cuatro. Nos subimos al avión, exhaustos. Incluso, antes de despegar, yo empecé una siesta con aires de eternidad que duró quince minutos. Cuando las azafatas se acercaron a discernir qué queríamos beber, yo me dije sin más: «Ya recordó la niña», y me quise poner a gritar para que viniera en mi auxilio la madre naturaleza. O mi madre. Sin duda, mi hermana.

Dos días antes de salir, mi hermana, que parece Martín pescador, se había tirado de pique sobre la acera de un jardín y se había roto la pierna izquierda. Partida en tres para dejarla haciendo juego con la derecha, que se rompió el año pasado en circunstancias que es mejor silenciar. ¿Cómo estará?, me pregunté. Un segundo después perdí los anteojos.

De ahí para adelante, las siete horas que dura el vuelo desde Lima, fui perdiendo de todo. Cuando encontré los anteojos, perdí el libro, cuando encontré el libro, perdí el iPad, mientras buscaba el iPad se escondió el pastillero en un hueco del asiento y me cansé de no dar con él ni con nada. Menos aún conmigo.

—Ya perdió algo nuevo la señora que había encontrado los anteojos —le dijo una azafata a la otra.

—Sí, el pastillero, ya se lo encontré, estaba bajo el asiento.

—No, algo nuevo, lo del pastillero fue hace una hora.

Se miraron y yo las vi mirarse, no sabían si matarme o compadecerme. Estaban a tres pasos y a una eternidad de mi cabeza.

—Todo pierdes, Ángeles. Ya no pierdas cosas —dijo desde la otra fila un bien querido tripulante.

Hay quien sale de un mundo y sin respiro puede cambiarse a otro. Y yo, ni cómo defenderme. Porque aún traía la cabeza envuelta en el río. Y en la desembocadura de un viaje, la entrada a otros.

Ahora que he vuelto de todos, cargando por fin conmigo, y los deseos, mientras esto recordaba oí acercase una música. En la puerta misma de mi casa, en Tacubaya, se instaló una marimba a tocar «Cruz de olvido». Detuve aquí las manos y busqué unas monedas. Las encontré enseguida. Hay gente buena. Gente tocando una marimba a media calle y un vecino que se asoma cantando, como a un río. Porque uno todo pierde, menos lo que bien encuentra.

53

A China la tengo en la memoria desde la infancia. Había un pequeño juego de té, para las muñecas, en la vitrina de una tienda junto al consultorio de mi abuelo. De repente él me llevaba consigo y mientras curaba a las viejitas de sus muelas, yo jugaba poniendo en fila las botellas con enjuague bucal, mirando los ejemplos de dentaduras postizas o haciendo y deshaciendo la gota de mercurio que él me ponía en la mano, para entretenerme durante horas. No necesitaba yo más que el privilegio de ser la compañía elegida entre los primeros diez nietos de un hombre que con las manos hacía dientes y con las palabras milagros. Me gustaba oírlo contándole historias a su clientela, mientras la mantenía con la boca abierta y trajinaba por ahí con la maquinita esa que hacía rechinar hasta las pestañas. Podía yo pasar horas jugando en silencio. Se ve que desde entonces la dispersión era lo mío.

¿De dónde habría salido el juego de porcelana que incautó mi atención al pasar frente a la tienda? Tenía seis tacitas —más pequeñas que un dedal—, una azucarera, una jarra para el agua y otra para la leche. Era un viaje en sí mismo.

También se podía jugar en el patio de aquella casa construida en 1870 que tenía un piso de piedra casi transparente y era grande como el tiempo mismo. Salí del despacho sin avisar y sin notarme, bajé la escalera de piedra, atravesé el portón y fui hasta la vidriera de la tienda en la esquina de la calle. Toda una expedición para una niña de siete años. Tan lejos como ahora ir a Lijiang. Desde el aparador me sonrió la porcelana. ¿Quién habría tenido la curiosidad de hacer tales miniaturas? Entré al negocio con la cara de autosuficiencia que hizo al doctor Guzmán apodarme la Maestra Liendre. Mi cabeza alcanzaba a salir del mostrador. Atendía un hombre con la sonrisa quieta. Le pedí que me enseñara el juego de té. Él preguntó con quién iba yo. Le contesté que mi mamá estaba cerca. «Así que no andas perdida», dijo tranquilizándose. Se accedía al aparador con facilidad, abriendo una puerta que daba a la misma tienda. Todavía puedo oler la madera en el hueco aquel del que salió el juego de té. «Es hecho en China», dijo el hombre para quien era imposible imaginar que tal cosa alguna vez no sería una extravagancia. Me quedé callada, mirándolo despacio. ¿En dónde quedaría China?

No se lo pedí al abuelo. Parte del encanto de una acompañante era no ser pedigüeña. Al menos eso intuí. Tampoco llegué pidiéndoselo a mi madre. Quizás se lo describí. «¿En dónde queda China?», le pregunté a mi papá. Cerca de su escritorio, que al mismo tiempo era el lugar en que los miércoles se colocaba la máquina de coser y a lo largo de la semana nos turnábamos para hacer la tarea, había un símil de globo terráqueo que quién sabe en dónde habrá quedado, al que usábamos de repente como un trompo. «Es todo esto», dijo él señalando el espacio que abarcaba casi medio globo y en el que mi mano cupo completa. China era tan inmensa como sigue siendo. Y quedaba al otro lado del mapa. Pero, ¿cuál no sería su fuerza que de allá traían cosas hasta Puebla?

El pequeño juego de té cobró las dimensiones de un planeta: inmenso y lejano, imposible y precioso. Un día dejó de estar en el aparador. No en mi memoria. Ahí está inmóvil, suspendido en la emoción de una mañana que no imaginó el futuro: China.

Sólo hasta hace poco, ya que los años habían traído a mi casa desde cucharas, relojes, bolsas de mano, pañuelos y lámparas, hasta un saco, con la etiqueta de Armani cosido en China y no en Italia; sólo hasta entonces me hice de una jarrita azul, con seis tazas, en la que ahora preparo el té de las mañanas. Una jarrita idéntica a la del aparador, aunque cincuenta veces más grande, sin que por eso deje de ser chica. Sirve para dos tazas. Aquí la tengo ahora, haciéndome pensar que vino de tan lejos, como he de ir yo en estos días. Cuán remoto será que antes de irse, Héctor quiere dejar firmada una moda notarial que se llama *last will*. Algo ordenando que cuando esté muriendo, lo mismo si choca que si se tropieza o estornuda, lo mismo por viejo que por hiperactivo, no lo conecten a nada que le prolongue la agonía de un modo artificial. A veces yo le concedo razón: que no quiere dejar a los parientes sufrir, que teme que de puro amor o de pura indecisión y culpa lo pongan atado a un tubo a ver hasta cuándo gana la lucha por la muerte. Ha de tener razón. Pero no sé. Yo creo que cuando uno está muriéndose no tiene para qué seguir dando instrucciones. También sé que he estado inconsciente varias veces y que para mi fortuna nadie me desconectó de las muchas medicinas tan modernas como la moderna China, gracias a las cuales volví en mí, tan campante como me había ido. Ni mi papá, ni mi abuelo hubieran necesitado firmar un *last will* porque de buenas a primeras tuvieron a mal morirse en una noche. Y si mi madre hubiera firmado algo, nunca hubiéramos sabido cómo desconectarla porque ella estaba atada a la vida por un tubo invisible que la hizo sobrevivir, contra todo diagnóstico, muchos meses después de la mañana en que nos avisaron que podría morir al día siguiente. ¿Y mi tía Maicha, que hace tiempo no adivina quién es, pero a los noventa y dos años está sana, comiendo y durmiendo como una bebé? ¿Ella qué hubiera tenido que poner en un *last will*? «Cuando vean que se me olvidan las cosas pónganme a dormir.» ¿En qué grado de olvido hay que estar para que los parientes obedezcan semejante deseo? Si yo no muero antes, de algo menos ingrato, he de acabar como ella, enlazada a la vida artificial del olvido. Y ¿cómo podrán quitarme del mundo si dejo dicho que me libren de la desmemoria que seré? Mejor tener un nieto y morirme de alegría. Difícil decidir. Mejor decirle a los hijos que ellos hagan como menos ingrato les parezca. Y confiar en su buen juicio. ¿Será eso egoísmo o generosidad? ¿Es nuestra la vida nuestra? ¿Los juegos de té mandan sobre su vida? Cuando uno cuida su jarrita, aunque esté medio vieja y se haya ido manchando, ¿atenta contra la voluntad de la porcelana? Cuando no la tira a la basura si está despostillada, ¿la está haciendo sufrir? A tía Luisa, sin duda, la dejamos pasarla mal durante mucho tiempo. Ojalá y ella hubiera sido de porcelana, más allá de su piel clarísima. Y si doña Emma hubiera podido firmar como último deseo que no la conectaran al tubo por el que volvió a respirar diez días de más, ¿qué le hubiera pasado? Es difícil saber.

Lo que sí es cierto es que estoy preguntando estupideces. Mejor vuelvo al juego de té que llegó desde China. Y a la niña que lo miraba impávida como si lo reconociera. Se dice que la porcelana no tiene emociones. Ni piensa, ni evoca, ni se inmuta, ni conoce el dolor físico, ni imagina lo que será dejar de existir. Sin embargo, cuenta cosas. Con sólo imaginarla me ha devuelto a los siete años. Y yo pienso que si me revivió, está viva. Como vivos estamos quienes tenemos recuerdos y en su nombre le tememos a la muerte. Yo no voy a dejar firmado un *last will* antes de irnos a China. Si quedo en manos de otros cuando esté a punto de romperme, que me traten como si fuera porcelana. Aunque me hagan añicos.

54

Pienso en desorden. Divago. Pensar en desorden no es pensar. Fuimos de viaje. A un país prodigioso, que a veces brilla y a veces interroga. Diez viajeros.

La más joven de todos estudia una maestría en Asia, con especialidad en China, y era una suerte de bióloga mirando por el microscopio: China creciendo y detallada, como un acertijo que al mirar de cerca en lugar de resolverse abre otra pregunta. Viajeros incansables. De pensarlos vuelvo a cerrar los ojos. Llegamos a lugares que pocos visitan. No sólo a los nombres conocidos, que son siempre milagros por conocer —Shanghai, Pekín, Hong Kong—, sino a rincones inesperados. Cuatro días en un barco por el río Yangtsé, hasta la presa de las Tres Gargantas. Andábamos entre acantilados y, de repente, en las orillas, aparecían ciudades recién hechas, comunicadas por puentes larguísimos. Uno tras otro. Inmensos.

Todo es grande en China. Por eso no compré ningún recuerdo menudo. Traje una caja de madera, con dibujos del siglo XVIII, empacada para viajar a otro mundo, por un hombre pequeño y conversador que era la condensación misma de su tienda de antigüedades. Fui con Leonor. Nos encontramos a Bernardo, comprando unos caballos de madera. Y la abrazó.

Cosas extrañas vimos. Tras una ciudad nueva, un templo de siglos al que llegamos atravesando un puente colgante. Recuerdo el viaje en barco como una figuración. Sé que fue real porque me conmueve el recuerdo. Lo mismo que la visita al monasterio en Zhongdian. Ahora todo eso se llama Shangri-la. Le cambiaron el nombre por motivos turísticos y si alguien protestó, no lo oímos. Divago, pero no estoy inventando. El monasterio tiene ochocientos monjes. Y muchos pisos, patios y vericuetos. Cientos de escalones para llegar a un Buda cuyos pies están en la primera parte del templo que crece hasta la cabeza, cien escalones arriba. La urgencia de absoluto conmueve a los más bravos. Encienden una vela. Alrededor, quizás, existen los milagros.

Al día siguiente bajamos a un pueblo pardo. Nos invitaron a entrar a la casa en que un viejo trabajaba cerámica. Otros viajeros recuerdan el lugar en silencio, con las parcelas cultivadas y en orden, las casas con luz solar. Yo sólo vi al hombre con un gesto de siglos, haciendo porcelana bajo las montañas.

Ya lo dije, todo es inmenso en China. La riqueza también. Desde el piso ciento veinte del hotel en

Hong Kong, se mira el puerto y luego el mar. ¿Quién dijo que siempre sobran los adjetivos? Nuestra recámara en Pekín, el baño tibio y blanco, las sábanas tiernas. La dorada ciudad prohibida. A todo, menos a la memoria. Ahí se graban los techos dorados, las paredes de colores, los patios sucediéndose. ¿En dónde estuvimos? ¿En el viento de cuántos siglos? El aire nos revolvía las cabezas, subíamos escaleras de mármol cuyo umbral custodian los leones. Todos los barandales empiezan con un león. Dicen que los leones no existían en China, pero sus estatuas son todopoderosas. Y las hay por todas partes. Nadie vio nunca una leona. Por eso, machos y hembras tienen melena. Los leones siempre juegan con una esfera bajo su pata, son los dueños del mundo. Las leonas se distinguen porque bajo su pata hay un cachorro. Así se sabe el sexo de las antiguas leonas chinas. Ellas, también, triunfantes: con melena. Mil veces más hermosas que las auténticas. Dividiendo las escaleras hay cuestas en las que están grabados los dragones. Estupefactos dragones que provocan fascinación.

Un día venturoso fuimos a la muralla. Quizás lo mejor de cuanto espectáculo nos regaló esa patria de miles y millones. La muralla serpenteante, infinita. Suspendidos en donde fuera, no podíamos sino verla delante y detrás de nosotros. Subíamos una cresta, nos deteníamos a calmar la sorpresa. La bajábamos riendo. Aún ahora nos estremece recordarla. Algunos caminaron tomando fotos para guardar lo que miraban. Yo, impensable. No hubiera tenido ni manos, ni ojos. Todo lo que tenía en el cuerpo lo necesité para el asombro: la muralla. No hay bahía, ni mar, ni fortaleza, ni templo, ni rascacielos que superen la emoción de andarla. Por eso preferimos bajar por un tobogán. Temblando, para sosegarnos.

La nueva China también espanta. Provoca. La rica es muy rica. La moderna: abismal. Puede uno caminarla por horas sin encontrar miseria en ninguna parte. Aunque uno sepa que ahí está, la ignora. Como en México. La ignora más y hay más. Hay más de todo en ese país cuyo nombre significa «centro del mundo». Comimos delicias raras. Lo mismo junto a un mercado en Shanghai que en la terraza del edificio más alto que tiene Hong Kong. Un horizonte sagrado. De noche ahí, de día frente al remanso azul, en las afueras.

No abro los ojos. Veo Chóngqing, el puerto desde el que salimos. Gris, pero con un templo budista de hace mil años junto a una carretera como del siglo XXIII. Veinte millones de habitantes. Como ésta, encontraremos varias en el camino. Ciudades que brotaron ayer. En una ladera un millón quinientos mil habitantes, en la otra dos.

No abro los ojos. Veo de nuevo el río, el paisaje cercado por montañas. Y llueve sobre la proa del barco en que estamos temblando, apoyados unos en otros. A veces lastima la belleza. Nos pone a temblar. A mí el puro recuerdo del paso por las Tres Gargantas me hace creer que anduvimos volando. Una tarde saltamos del barco grande a uno mediano y de éste a unas canoas en las que remaban tres hombres de apariencia quebradiza, sobre cuyas espaldas ondeaba un poderío que hubiera sido imposible imaginar con sólo verlos. Iban remando como si los soñáramos. Sus brazos nos llevarían de prisa hacia el centro del afluente más angosto. Ahí se detuvieron. Entre dos acantilados, como abismos cayendo al cielo. Y nosotros pequeños, pero hablando, porque las palabras engañan nuestra insignificancia. Si un solo día nos dejaran ahí, volverían a recoger nuestros cadáveres. Avasallados. Será por eso que los humanos aprendimos a nombrar. Para defendernos de lo incomprensible. Si decimos Yangtsé creemos apresar lo inaudito. No quiero abrir los ojos. Al bajar de las canoas nos ayudaron las manos de esos hombres tan menudos como yo. Manos sucias, manos más diestras de lo que fueron o serán las nuestras.

Y volvimos al barco, al abrigo en donde estaba siempre nuestra mesa, con su mantel tan limpio y su comida a tiempo. Con el vino y el arroz atándonos al mundo que sí entendíamos.

Una tarde bajamos a ver la pagoda construida contra una montaña. Entramos y subimos hacia

ninguna parte. Toda ella estaba hecha para verse
desde fuera, para imponer su presencia tras el puente en el aire, sobre la terraza con barandales de piedra. En el camino, decenas de puestos en los que se
venden artesanías y comida. Bolsitas de seda aco-
modadas en hileras que sólo terminan cuando se
acaba la mesa. Se ven todas iguales, pero cada una es
singular. Cada una la cosió una persona perdida en
quién sabe qué fábrica remota. Vemos por primera
vez algo que ha de repetirse en todas partes: a los
niños les abren un agujero grande en el tiro de su
pantalón para que no haya que quitárselos en caso
de necesidad. Y así andan casi todos. Al principio
creímos que sólo alguno, luego vimos que ésa es la
costumbre. En todas partes. En la Ciudad Prohibida, acompañada por una mamá con bolsa italiana
y un papá con bufanda de marca francesa, subía las
escaleras una niña peinada como muñeca con diez
prendedores por trenza, que también tenía abierta
la costura en medio del pantalón. Por si se ofrecía.

Sólo una parte de China resultó como imaginé.
En la otra vine a saber que el mundo no siempre es
un pañuelo. Y que mil millones de personas siguen
sin caber en mi cabeza. Lo primero que vimos fue
Shanghai. Una bahía que hace muy poco era aldea
de pescadores y que hoy es el mundo en un puño.
Creí que ir a China sería cosa de una vez. Ahora
quiero estirar los años y volver muchas otras, a la ex-

trañeza de sentirla moviéndose. Cientos de millones construyendo aeropuertos, carreteras, emporios. Nadie quieto. Si acaso en vilo. Como los remeros o los vendedores.

Y tantos ricos, tan ricos. En cuanto uno regresa a la China moderna las tiendas de las marcas más caras —Channel, Armani, Hermès, Gucci— son inmensas como todo en el país. Más que las de Nueva York. Cada marca con varias tiendas por ciudad. Y en los aeropuertos, por los que siempre anduvimos tan deprisa que era imposible detenerse a mirar algo, la riqueza gritaba desde los aparadores. Como gritaba la pobreza dejando de serlo en el fondo de una ladera parda, cerca del monasterio más lujoso, a tres mil quinientos metros de altura. Mucho anduvimos. Y fue tan honda la costumbre que los viajeros nos extrañamos ya.

¿A dónde querríamos volver? ¿Al viento de cuáles siglos? ¿A cuál constelación de este universo? China. ¿En dónde estuvimos?

55

Se llama Inés. Doy con ella en el lugar donde a las dos nos peinan desde hace veinte años. Sólo a veces coincidimos. Y siempre me da gusto encontrarla porque mira con la chispa de una inteligencia sin alardes.

Trabaja investigando sabidurías y tiene una actitud apacible que cada amanecer escasea más. Yo siempre ando corriendo. A veces no sé bien de dónde a dónde pero, lo que nunca pensé: de repente se me está contagiando un mal abominable que, cuando se agudiza, puede ser mortal. La primera vez que oí del síntoma lo describió Eduardo Mata en una semblanza que le hizo la *Revista Siete*, hace cuarenta y dos años: «Vivo con la angustia de estar perdiendo el tiempo». Mal peligroso el de quien esto siente, por eso no ha de ganarme la batalla. De todos modos, corro. No para calmar mi angustia, sino para no provocar la de otros.

Tenía tiempo de no ver a Inesita, como aprendí a llamarla porque de siempre la llamó así mi comadre, la osada fundadora de la peluquería. Tiempo de no verla y, una mañana, atisbé desde la puerta que alguien tenía tomado el trabajo de Eli para la siguiente hora y media. Porque estaban sus pies en agua tibia y sus manos entregadas a la primera capa de barniz. El pelo húmedo y el futuro para ella sola. Me dio tanta pena haber perdido el turno, como gusto encontrar a la contundente, pero suave, Inés. Ni modo: el que tarde llega mal se aloja. O se va. Como intenté hacer yo.

Lo anuncié y les di un beso. «No, Mastre —dijo Inesita— yo tengo tiempo. Que la atiendan a usted, ahora vengo sin prisa.»

Saben quienes saben la dosis de generosidad que puede haber en tal gesto. En primera instancia, me di el lujo de negarme a tal sacrificio, pero ella insistió y no pude resistirme al regalo. Vi una aureola en torno a su cabeza. Se lo dije. «Es que estoy enamorada, Mastre», soltó como sucede cuando el bien es tal que uno quiere regalarle un pedazo a medio mundo. Hace años que Inesita no hablaba de novios, ni de esperanza alguna. No sabría yo cuántos años tiene, pero actuaba como quien ha pasado la página y se entretiene trabajando en exceso y coleccionando cosas raras. En su caso imanes con figuras o sentencias inapelables, para pegarlos en la puerta del refrigerador.

Cuando fuimos al pueblo de Shakespeare, en medio de uno de los peores fríos que he sentido en la vida, le compré uno en la tienda de recuerdos. «*Love is merely a madness*», dice. Me lo había pedido, contra toda su timidez, cuando supo que me iba de viaje. Un imán para el refri. Imposible olvidar la extravagancia de tal solicitud. No supe entonces sino del antojo sencillo, casi infantil, de quien me lo pedía. El amor es sólo una locura, apenas una locura, meramente una locura. Eso le traje, y no vi que le entusiasmara mucho. En cambio ahora, su estampa toda habla de que la ha tomado semejante certeza. Su novio de un tiempo tuvo a bien irse diez años y volver hace tres meses, con un hijo de apenas lustro y medio. Llegó a pedirle que lo aceptara de regreso y ella dijo que sí, como si nada. Dijo que sí y le volvió el color a las mejillas. Ya se las pinta con regularidad, se pone labial y hasta negro en las pestañas. Esto último apenas lo conseguimos el día del que hablo, porque le pedí a Eli, la actual comandante de lo que han dado en llamar «estética», que se hiciera cargo de sugerir tal desacato. Inesita lo aceptó para completar mi asombro.

Media mañana, y ese perder el tiempo me pareció una inversión. Conversamos. Lo que no sé es cómo llegamos a sus abuelos. Supongo que si uno jala el hilo, siempre acaba en los antepasados. A su abuela, también llamada Inés, se la robaron. Contra su voluntad, la levantaron corriendo en un caballo. Así se la llevó el abuelo Juan.

«La pobre contaba que iba a la iglesia y le pedía mucho a Dios que le pusiera dentro el amor por ese hombre.» Y su dios le hizo caso. Ya lo dice el célebre fallo chino: *Los dioses nos castigan oyendo nuestras plegarias.*

El abuelo Juan era alto, fuerte y al poco tiempo mujeriego. Muy mujeriego. Todo esto sucedía en Atizapán, Jalisco, donde entonces todavía se molía el nixtamal en el metate y no era del todo inesperado que un hombre le pegara a su mujer. Cuando eso empezó a suceder, la abuela fue otra vez a la iglesia a pedir que le quitaran el amor por tal hombre.

Inesita me contó estas cosas, como quien borda mientras dice López Velarde: *Y pensar que pudimos, / enlazar nuestras manos / y apurar en un beso / la comunión de fértiles veranos.* Pero yo no tenía paciencia: «¿Cómo que le pegaba?» «Sí, Mastre.» «¿Y sus hijos?» «Trataban de detenerlo pero él era muy fuerte y le tenían respeto.»

Algo que enardece por dentro quiso llevarme a emprender una diatriba, pero diciéndola suave, con educada tranquilidad, como a López Velarde: *Es que mi desencanto nada puede contra mi condición de ánima en pena.* No lo conseguí. Mientras Inesita ejercía, esa vez sí, su primogenitura en el orden de llegada, yo tuve espacio para opinar: «Qué abuelo más cabrón el tuyo. Como para matarlo». «¿Cuándo iba ella a creer eso, Mastre?», dijo Inés. Yo busqué templanza en un ratito de silencio. Apelé a López Velarde: *Creo que hasta le debo la costumbre/ heroicamente insana de hablar solo.*

Inesita volvió a contar un detalle y el otro de lo que atestiguó. El mentado abuelo Juancho tenía pasión por su caballo. Y la insensata certeza de que las mujeres no podían ni pasarle muy cerca, mucho menos montarlo, porque le daba mala suerte. Antes pegarle un tiro que dejarlo vivir si una mujer lo montaba. Decía tales cosas con cierta contundencia, pero algunos hasta se divertían oyéndolo como quien oye a un río revuelto.

Tenía sus altibajos el abuelo. Se sentaba a comer con la familia y, a veces, hasta lo agradecía. Pero con la misma, se iba poniendo loco.

Una tarde Inés lo vio golpear a su preciosa mamá grande. Y le dio tanta rabia ser inofensiva que corrió a buscar al tal caballo. Montó en él y anduvo hasta la plaza ostentándose. Le jaló la rienda, para que relinchara haciendo alboroto. Lo hizo y resonó por medio pueblo. Inés tiene mucho pelo y muy negro. Con semejante melena y desde unos ojos enardecidos miró a su abuelo acercarse con un fuete. Sintió dos latigazos. Repito que esto ella lo dice como una recitación, no hay escándalo ni altisonancia en sus palabras. Yo volví a la insana costumbre de hablar sola.

Dijo Inesita que entonces se acercó su papá pidiéndole que explicara por qué había hecho eso:

—Porque papá Juan le pegó a mamá grande y él sólo quiere a su caballo. Lo monté para mancharlo, a ver si lo mata, para que algo le duela.

Dijo esto y se bajó despacio. Luego corrió.

No iba muy lejos cuando oyó el disparo.

—No te lo creo, Inesita.

—De verdad, Mastre. Lo mató.

En un sano intento de volver a la frágil realidad sugerí las uñas más claras. Inesita siguió narrando:

—Por eso, cuando se murió, mi mamá grande estaba parada junto a la caja sin una lágrima. La gente se acercaba a decirle que no tuviera vergüenza, que llorara cuanto quisiera. Pero ella nada más estaba ahí callada, pensando que en cuanto lo enterraran se iba a ir al monte a gritar de gusto.

(Yo inventé esta escena, me dije. Yo la inventé hace treinta años y ahora me la devuelven como cierta. Siempre ha de ganarme la realidad.)

—Créamelo, Mastre, así eran mis abuelos. ¿De qué me voy a espantar, yo, ahorita? Si regresó, que se quede. Ni maldice, ni grita, ni pega. Yo encantada.

Una locura, el amor. Sólo una locura, dice el imán.

56

Todos los años llegamos a diciembre con la sorpresa de que el tiempo, otra vez, trajo a diciembre antes de tiempo.

Sólo en la infancia tarda en llegar la fiesta. Luego todo es correr tras las promesas y las horas, como si no estuvieran ahí, para mirarlas despacio.

Hay en la trama de nuestras vidas preguntas que oímos poco: qué hacemos con las tardes de cada día, cuánto tiempo dedicamos a buscar la belleza, a re-crearla, a pensar si queremos aceptar como hermo-so lo que, en el fondo, nos parece horrible, no es algo que se nos presente como un predicamento diario.

Yo soy de ésas a las que convoca sin dificultad el llamado a la conversación y la memoria, de las que se pierden en el arte de divagar. Y no me da vergüen-za. Aunque según todo en nuestro entorno, debería dármela.

Mientras esto escribo suenan en la calle una tam-bora y una chirimía. Dijo una vez un hombre al que quiero todo, que a mí el tiempo se me hace poroso. Lo dijo como una crítica, no como un elogio, y cuando lo oí, hace no tantos años, me afligió la sentencia. Ahora echo hacia atrás la silla frente a mi escritorio y me asomo a indagar quiénes hacen una música reiterativa y chillona con la que nos llaman en su ayuda. Son dos hombres más bien viejos a los que acompaña un chamaco muy serio que va extendiendo su gorra en pos del peso que alguien quiera ponerle dentro. No traen a Mozart y, sin embargo, hay esperanza en su ruido. Dos esperanzas. Una, la que lleva el saber que existen, que andan la vida despacio y no los atormentan las elecciones ni las fechas, ni siquiera el tamaño de verdad que hay en su música. Otra, la de que cuando se vayan volverá el respetable silencio, y yo aprovecharé para tomarle una foto al perro que trae puesto un abrigo, cosido a mano por Greta, la niña de los ojos verdes.

Los poros del tiempo dan para todo.

Despacio, apago la tele para meterme en la cama, con los audífonos del iPad regalándome el «Casta Diva» en la voz de Cecilia Bartoli. Ella la canta menos aguda que las sopranos y me la ha descubierto con un brillo distinto. Si uno pudiera volar a ese ritmo sería una garza. Y podría sentirse, sin ningún remordimiento, la divina garza. Pero uno no puede volar, pienso. Aunque nunca se sabe. ¿Qué tal con mariguana? Ahora que tan hermosa planta dejará de estar prohibida. Porque no hemos de cometer los mexicanos la barbaridad de quemar sembradíos de esa refulgencia para que los cultiven en otra parte, mientras aquí nos matamos por su culpa. Si los gringos despenalizan la mariguana, yo, aquí, al menos en San Miguel Chapultepec, me encargo de que también se cultive y consuma sin castigo. Aunque a mí no me gusta ni olerla, me gusta el verde tibio de la planta.

Enmariguanada estoy de mí de por sí, como diría Juanita en su castellano antiguo. No necesito fumar nada para hacerlo todo despacio, preferir la contemplación a la carrera, los cantos gregorianos a la música tecno. Tomar el sol, estirar las piernas, dar una vuelta, son lo mío. Como repetir bailando el mismo estribillo de Sabina para disfrutar de su ingenio raro: *Y morirme contigo si te matas/ y matarme contigo si te mueres/ porque el amor cuando no muere mata/ porque amores que matan nunca mueren.* «Todos con once sílabas», me dice la adolescente que baila junto a mí en el auditorio. También ella sabe de endecasílabos. Y brinca. Sin mariguana. Lo mismo que un poeta tan sabio que ya no va a los conciertos, sino que los oye en su casa y me dice: «Sí, son todos endecasílabos. Hay tres que se llaman heroicos, porque tienen los acentos más fuertes en la sexta y en la décima sílabas. Y hay uno que se llama sáfico, por Safo, que tiene los acentos fuertes en la cuarta, la octava y la décima».

Como alguno de los muchos que escribió la Sor, a quien él convoca porque sabe a quién le habla: *Detente, sÓmbra de mi biÉn esquĬvo.*

A mí me hubiera gustado ser poeta. Pero soy, como los músicos que cruzaron mi calle, una intérprete de casualidades. Otro escritor, amigo bien habido, me instaló estos días a pensar en el tiempo y la belleza. Con el oxímoron de César Augusto: «*Festina lente*» llamó a su artículo en torno al equívoco de la prisa con que vivimos. No me puse el saco, porque ya lo traigo puesto. Hay quien quiere ir despacio, quien defiende los libros largos y se fascina con las series de televisión que duran cincuenta horas. Hay quien encuentra confusión y farsa en el éxito de los artistas plásticos más caros de nuestro tiempo. Y de cualquier otro. Porque puede costar más una vaca forrada de acrílico que una pintura impresionista. Y ni quien diga yo no estoy de acuerdo. La belleza es la gran expulsada del arte contemporáneo, dice mi amigo Andrés, pasó de moda, pero habrá quien quiera volver en su busca.

Por lo pronto, digo yo, cada quien su mariguana, sus cuadros y su tiempo. El mío, despacio: como aconseja el oxímoron «*Festina lente*».

Algún diciembre, en lugar de un pino, yo querría comprar un sembradío de mariguana. Quiero poner esferas entre las hojas largas y puntiagudas. Porque algo nuevo he de hacer para exorcizar las dos veces que, en un mismo rato, cuatro ojos jóvenes me dieron cuenta de mi edad.

Tiene lógica, uno de treinta me ve como yo a uno de noventa. ¿Por qué no habría de imaginarse que estoy a un paso de morirme?

Mi perro es alérgico a quién sabe qué. Tratando de adivinarlo, sugerí que podría ser nostalgia: hace poco murió la perrita con la que dormía desde siempre. Tras oírme, la joven veterinaria me dijo circunspecta: «Pues quizás sea cosa de conseguir otro perrito, pero eso lo tiene usted que pensar bien, porque es un compromiso de quince años». Hasta ahí llegó. Lo demás lo pensé yo. En quince años tendré setenta y ocho. No sé qué andaré haciendo, pero la veterinaria está segura de que no estaré diestra como para cuidar un perro. Quince años es muchísimo. Deberían alcanzarme para escribir diez libros, pero me doy de santos si escribo tres. Me dejan poco tiempo las puestas de sol y las pláticas de familia. Mis sobremesas se alargan, siempre, varias horas. No será de otro modo, ni lo pretendo. Lo que sí pasa es que el tiempo se llena hasta que no le queda un poro. Y uno empieza a verse de su edad.

Un bienaventurado miércoles tuve que atravesar medio escenario del Auditorio Nacional para llegar hasta el micrófono. El muchacho que llevaba el ritmo de la función me preguntó: «¿Le parece si le doy treinta segundos para llegar?». ¿Treinta segundos?

Como si fuera yo a ir con bastón. Había que atravesar quince metros. Está bien que me guste el «*festina lente*», pero ni a gatas tardaría yo tanto. Sin embargo, él dio su juicio. Y yo, ¿qué remedio?, tendré que entregarme a las drogas, porque estos disgustos sólo así: enmariguanada, como he vivido desde siempre, de mí de por sí.

57

Las fiestas tienen su gracia, su íntima vocación de alegría. Desde siempre yo tuve culto por diciembre.

Ahora se me había dificultado, pero ya otra vez tomé los recuerdos por mi cuenta. Dicho mejor: ya los recuerdos me han tomado por su cuenta y con ellos la música y el pandero. Con los años, la Navidad —a pesar de que cambié la fe en un dios omnipotente y único, por la fe en los dioses de la redacción y en los dioses de todos aquellos que para sobrevivir tengan confianza en cualquier buen dios— me sigue pareciendo la mejor de las fiestas.

Hay entre los agnósticos la certeza de que los primeros cristianos movieron la remembranza del nacimiento de Jesús para que coincidiera con las fiestas para reverencia al sol que sucedían siglos antes al iniciarse el solsticio de invierno. Así habrá sido, eso no quita los motivos para celebrar. Los aumenta. El sol, Jesús, el dios en que creen para su bien tantos de los dichosos que en eso creen, son para celebrarse. Benditos sean ellos y quienes celebran por los mismos días el solsticio sobre Capricornio y antes el fin de año judío y junto a todos el fin del año que corre con la certeza de las fechas aceptadas por el mundo como un común denominador.

Todo este prolegómeno para contar que, con motivo de las fiestas, fui a la tienda de autoservicio acompañada, gracias al azar, por mis hijos. Estábamos en Puebla, habitando la casa que custodio, y no había jamón, ni queso, ni pan, ni vino, ni aceite de oliva, ni sal, ni uvas, ni jabón, ni cereal. Así que ellos quisieron ir de compras y yo me pegué a su expedición.

Una de las ventajas de la sociedad de consumo —ya sabemos que tiene también muchas desventajas— es que el autoservicio sigue abierto a las nueve de la noche y que entonces quedan pocos ociosos dispuestos a visitarlo. Así que anduvimos baboseando.

Dice mi sobrina que, como voy poco a las compras, a mí hay que llevarme a esas tiendas con correa porque todo se me pega como urgente. Y no, nadie necesita unas galletas alemanas que vienen en una cajita con música navideña. Así que es mejor dejarlas. Me convencen. Había tomado dos, dejo una.

Como ellos se ocuparon eligiendo la mayonesa, yo me puse a bobear frente a un estante en el que están la comida y los platos de los perros y las mascotas.

¿Y qué me fui encontrando? ¡Una bolsa con piedritas de colores! Todas del mismo tamaño, idénticas a las que recogíamos cuando niños en la orilla del lago de Valsequillo. El lago antes fue río, pero en mi infancia ya era una presa muy moderna y muy limpia que ahora está sucia al grado de que, según cuentan los químicos, del H_2O ya sólo queda el H_2. ¿Y las piedras? Ojalá pudiera yo darles una idea de lo que era ir andando por la orilla en busca de una blanca casi transparente, de una negra intensa, o una roja iluminada. Los montes de ahí cerca son cantera de una piedra llamada Santo Tomás que ahora, como entonces, se dispersaba en pequeños asteroides mezclándose en la alfombra de tierra plomiza. Y nos íbamos andando, andando, con las mamás, como llamábamos a las tres hermanas que eran al tiempo madres de veinte. Diez de la mayor, y cinco de cada cual de las otras dos. A mí me fascinaba tanto cosechar piedras que se me quedó en el ánimo la vocación por ellas. Así que, como sucede con los detalles en las novelas, volví las piedras parte del código amoroso de Daniel Cuenca y Emilia Sauri en ese libro que llamé *Mal de amores*. Quizás debí llamarlo de otro modo pero, como tantas cosas, ese ya no es asunto que pueda corregirse.

El caso es que ver las piedras, puestas en una red, colgando del aparador con cosas para animales, me dio tanta alegría que fui a echarlas al carrito junto con un discurso en torno a las venturas de la memoria que coinciden con el presente. Alguien tuvo la generosa idea de poner estas piedras brillantes, perfectas

—supongo que para usarlas en la decoración de peceras—, justo frente a mí cuando más las necesitaba. Como si hubiera caminado por la orilla de la presa y hubiera encontrado el espíritu de la infancia adivinando mi urgencia de buscarlo.

«Son como las de Daniel Cuenca», les dije a mis hijos que habían pasado ya a discernir si comprar cervezas oscuras o claras.

«Sí, mamá», asintió Catalina como si yo fuera la hija y ella la madre complaciendo la emoción de una niña. Las toqué. Quise saber a qué poblano ilustre, seguramente miembro de mi generación, había que agradecerle la bondad de organizar una cosecha de piedras perfectamente elegidas por tamaños, igual que hacíamos nosotros. Piedras como alhajas.

Me fijé en la pequeña etiqueta colgando de una orilla de la bolsa. Y ¿qué? *¡Made in China!* No puede ser. Alguien está importando piedras desde China. ¡Walmart! ¿A quién se le pudo ocurrir semejante barbaridad? Piedras como las que brotan del suelo aquí cerca, a la orilla de las grandes canoas y los pequeños veleros de la infancia, pedacitos de mármol como el que hay a tres metros de la cabaña roja que tenían mis abuelos junto al agua, traídos desde China, con un letrero de «*Made in China*». Como para creer en la mano de un dios malo. Seguramente hay niños o viejos o mujeres dividiendo las piedras por tamaños en un remoto paraje de la inmensa China.

Y yo aquí, detenida en el autoservicio, a tres continentes de distancia, reverenciando la memoria de mis pequeñas piedras. Inocente de mí. Una cosa es aceptar, hasta con alegría, la condición inevitable y muchas veces enriquecedora de la famosa globalización y otra comprender que se importen de China piedras de las que ruedan a nuestro alrededor por montones. ¡Qué ocurrencia! ¡Dioses de la redacción! ¡Calla memoria! Compra galletas. Bebe a tus hijos. Come sus voces. Goza sus cantos. Devuelve al mostrador las piedras chinas. Prométete que irás a la presa por unas para ti que vengan, de a de veras, desde atrás de tus hombros, desde bajo tus pies, desde allá en donde andabas con los primos soñando en que llegaran la Navidad, las vacaciones y el suave frío para encender la chimenea.

Las fiestas tienen su gracia. Y el solsticio de invierno, con sus esferas, mis piedras y el azúcar, también.

58

Voy a ver a don Nassim Joaquín. Está sentado frente al mar de Cozumel, como casi todas las tardes de su vida. Entro a su casa con temor, porque Migue, su esposa, que en la foto de la sala apenas tiene quince años, murió hace trece meses.

Tenía noventa años y no se había cansado de estar viva. Era la última de mis hadas madrinas. Le gustaban los barcos y las puestas de sol. Yo iba a sentarme junto a ella, que siempre tenía la tele prendida, como parte de la misma cháchara. Veíamos juntas cómo se iban los cruceros y el atardecer. No sé de qué modo, pero estoy segura de que ella adivinaba lo que tenía yo en la cabeza, porque nunca hablamos sino de cosas como el calor y el cielo, pero ella siempre conoció las esenciales. Eso lo sabe su hija Addy. Y de tal modo.

Mientras platicábamos, le pedí que me dejara ver la pulsera que llevaba en el brazo porque la recordaba en su madre.

La tuve un rato entre las manos, como si fuera un ensalmo. Luego se la devolví mientras hablaba con don Nassim del país y sus desfalcos. Tiene noventa y tantos años, pero no dice cuántos son tantos, no se le vayan a caer encima. Me despido segura de que aquí estará cuando yo vuelva en unos meses, porque tiene un pacto con la eternidad.

Addy viene conmigo, se quita la pulsera, me la da. Siento pena de habérsela elogiado, le digo que de ninguna manera he de quedármela. Le digo y no me deja que le diga, la pone en mi muñeca y me pone en la puerta. A veces el mundo es más bueno de lo que creemos. Tan es así, que la realidad tiene destellos de irrealidad. Y yo tengo la fortuna de mirarlos.

59

Es domingo y el árbol de mi ventana ha dado en cantar. Es una canción tenue, como ha sido clara la tarde. Todo el día hubo un sol de fines del verano que desde la mañana prometió una comida en el jardín. Y a las tres llegaron los niños con sus papás. Venían de una fiesta infantil y les habían pintado la cara. A ella con una mariposa y a él con la muerte. Nunca ha estado la muerte tan viva como en la cara del niño con los ojos circundados de negro hasta cubrirle media frente y la mitad de las mejillas. Lo demás era verde con unos quiebres oscuros. A Eugenia, que quiere decir bien nacida, las alas de la mariposa se las pintaron de lila y venían medio quebradas por los lagrimones de un disgusto menor. Cuando bajé ya estaban todos con el hambre hasta el cuello, sentados en el jardín, dueños de unas cucharas afiladas, a punto de hundirse en sus platos con sopa de hongos. Luego comimos un guiso de carne de puerco y achiote. Lo digo para los no enterados, o porque creo desconocedores a mis compatriotas. El achiote es una mezcla de hierbas y sazones, sin chile, que pinta de naranja la carne y el alma. No sé por qué a semejante argamasa se le llama *recaudo*. Pero, buscando un sinónimo para la palabra, encuentro que *recaudo* puede significar *custodia*. Y eso me gusta muchísimo. En lugar de decir *se le unta el recaudo*, hemos de decir *se custodia con achiote*. Luego, a tal guiso, inventado en Yucatán, donde aún pueden hacerlo en horno de leña y forrado con hojas de plátano, en nuestra familia se le han ido agregando algunas variantes. Doña Emma, la bisabuela de los gemelos, que tan bien comen este invento, era hija de asturianos, nació en Cuba y se casó en Chetumal. Habrá tenido veinticinco años cuando aprendió a cocinar este lujo al que inventó agregarle salsa de jitomate, crema y col. Cosa que a los descendientes les resulta ya un acompañamiento irrevocable que escandaliza a los expertos antes de fascinarlos. Yo no puedo comerlo sino así. En realidad, la niña y yo fingimos unos tacos de carne que en realidad son de crema, cebolla y col.

Después del postre, los adultos se pusieron a conversar sobre el nuevo tamaño de los teatros en la provincia, sobre sus virtudes acústicas y su belleza. Mientras, los niños nos pusimos a jugar carreras, luego vueltas, luego maromas, al final burro y caballo. Todo bajo el cielo azul que lleva una semana con nosotros y que ha de irse de golpe para volver quién sabe hasta cuándo. A mí me fascina dar vueltas sobre mi eje. Marearme de tal modo que he de caer al suelo cerrando los ojos hasta sentir que estoy volando. Sólo los niños quieren acompañarme en ese juego que es volver a ser como ellos. Se fue el tiempo como aire entre los dedos. Luego abrimos los ojos y hacemos apuestas. ¿Avión o pájaro? ¿Quién pide qué? ¿Y quién gana?

Yo ahora tuve suerte: pedí un pájaro cuando los niños pidieron un avión y pasó un pájaro, pedí avión y pasaron dos. Lo que es el ánimo. A veces odio el ruido de los aviones; ahora, tirada en el pasto, llamándolos, me fascina.

Como a las siete, el cielo de mi rumbo manda un avión tras otro. Pasa un jet grande, un avioncito de hélices, uno con dos turbinas muy vistosas, otro con la cola respingada y una especie de rompevientos en la punta. Cuando uno entra a un avión no sabe bien cómo se ve por fuera. Desde aquí abajo, con la mirada de los niños, cada avión es como cada pájaro: único, inolvidable y azaroso.

60

El tiempo, ese juguete que nos juega, acorta los deseos. No me darán las horas para hacer tanto de lo que quiero. Entre otras cosas, perderlas.

Chetumal es una ciudad clara que uno imagina dormitando a la orilla de una bahía baja, porque uno se instala en el único hotel que la mira y cree que todo ahí es como desde ahí se mira. Hermoso, fácil e impávido. Pero hay más cosas bajo el cielo.

Hace dieciocho años, compramos un terreno en el mar. Lejos, muy lejos de cualquier rasgo de civilización. A doscientos kilómetros de la ciudad, andando por caminos de terracería. Costó veinticinco mil pesos. Lo compramos sin verlo, puesto con un alfiler en el plano de un mundo imaginario. Está en un lugar llamado Mahahual. La primera vez que fuimos a verlo, tardamos siete horas en llegar, ahora la carretera está muy bien y sólo se hacen dos horas, además de las dos en avión desde México. Lejos. Siempre estuvo lejos y desde el principio supimos que la compra era un deseo del mar, no un trozo de tierra junto al mar. Sin embargo ahí estaba, como una promesa para nuestros nietos. Cuando ahí hubiera un camino que no fuera una brecha de tierra, cuando ahí hubiera agua potable, cuando ese rumbo tuviera más de mil habitantes, entonces alguien nuestro podría vivir mi fantasía. Imaginamos que como en cincuenta años.

Mucho antes de eso que soñábamos, a Mahahual llegó un muelle para cruceros y ahora el terreno es más que un sueño, pero menos que un sueño. Ahí nunca vamos a poder construir una casa. Ya está más cerca, pero sigue demasiado lejos. Sin embargo, fuimos a verlo. Nos recibió, frente a las pequeñas palmas que dan a la carretera, un letrero en letras rojas que avisa: «*For sale*». Alguien está vendiendo nuestro terreno. Alguien cree que nuestro terreno es suyo o que como no lo hemos vuelto a cercar, después del último ciclón, dejó de ser nuestro. Tendremos que ver eso. Entre los más inesperados propósitos de año nuevo está el de indagar, mañana mismo, quién quiere hacer qué con nuestro pedazo de orilla frente al mar. Supongo que aclararemos el error. Yo prefiero creer que hay un error y no un abuso. Cuando esto suceda habrá que decidir. Nuestros hijos dicen que deberíamos esperar a ver si la zona sigue creciendo y el terreno sube de precio, pero la verdad es que el cielo nunca es de uno. Compramos un punto en el mapa, con lo que nos costaba vivir un mes. Quizás, cuando vuelva a ser nuestro, ahora que nos pongamos a discutir con no sé quién, tendremos que venderlo. Como se hace con las cosas reales. Por lo pronto, ahora que lo anduvimos, que yo metí los pies al agua y me paré frente al horizonte, todavía no puedo creer que haya un papel en el que dice que ese pedazo de orilla está a mi nombre. ¿Quién es dueño del mar? El mar está para desearlo.

61

«A Chetumal cada quien llegó con su historia y su misterio», dijo Rosa María viendo la paz del lago. El lugar marca para siempre. Rosa María y sus ojos claros nacieron ahí, luego anduvieron por el mundo más de treinta años. Pero si uno la ve ahora, sentada frente al agua, contando las historias del pueblo, puede jurar que ella nunca se ha movido de ahí.

62

Un sábado de esos años viejos en Chetumal, fuimos a una tienda llena de cosas mezcladas sin más deslinde, a comprar un karaoke y todo el alcohol que imaginamos consumible. Gran promesa para la noche vieja. Alcohol quedó, por más que intentamos agotarlo, y al karaoke lo disfrutamos desde antes de comprarlo. En el 2012 fuimos veinticuatro los tripulantes de esta suerte de crucero inamovible que instalamos en el hotel Noor, único frente a la bahía y, por eso, lujoso. Del orden en la caída de agua caliente no se asegura nada, ni es por ahí que debe promoverse. Tiene en el primer piso un restorán. Se llama Almina, pero lo hemos rebautizado como «La terraza del ángel exterminador». Alguien puede llegar ahí a las nueve para el desayuno y seguir hasta las doce platicando con quien va cayendo. Dos terceras partes del hotel están tomadas por nosotros. Y casi siempre todo el restorán. Como a la una empieza a ser inevitable moverse. Así que los tres días de sol hicimos tres comidas frente a la mágica laguna de

Bacalar, que se ilumina de colores distintos a lo largo del día. Va con la luz. Nada más es gris cuando se nubla y ni siquiera, porque entonces se ve plateada.

Vuelvo al día 31, ése en que amaneció lloviendo. Entramos a la tienda cinco hombres y cinco mujeres. Los hombres directamente a los vinos y las mujeres a debatir las cualidades de tres distintos aparatos con los que acompañarse a cantar. Seguras estamos de haber encontrado el mejor. Y nada más divertido que haberlo probado con mi sobrina Lumi cantando y meneándose mientras el pasmado vendedor la veía como a la mismísima estampa de todos sus sueños hechos realidad. Lumi canta acompañando las letras con las manos. Todo lo explica. Como si hablara un parsimonioso lenguaje inventado para quienes no la oyen. Estábamos de tal modo divertidas con la prueba que sólo cuando tomamos la decisión de comprar el aparato nos dimos cuenta de que había a nuestro alrededor un montón de mirones. La risa de las mujeres, cuando juegan, puede atraer como los ruidos del amor al otro lado de la pared. Lo supimos aún mejor cuando llegamos a la fila para pagar. Atrás de nosotros, en nuestra línea, y las paralelas, había cinco aparatos como el nuestro en manos de sus entusiastas compradores. Gran vendedora, la gran Lumi.

63

La noche de viernes entró apacible a la laguna de Bacalar. Habíamos pasado todo el día frente a ella. Estuvo el cielo claro y la laguna, con sus nueve colores, es bella de tal modo que sin duda convoca a la humildad. No hay peinado, ni vestido, ni boda, ni princesa que no palidezca. Y no hay despeinado, ni palidez, ni facha que desmerezca. Da uno igual. A la naturaleza le importamos lo mismo. Y a mí, no hay nada que me descanse más. Desentenderme. Desatenderme. Todavía más que el mar, la laguna sosiega.

64

Quince lustros, diría el pirata de la canción. Si apenas hace poco cumplí diez. Ya entonces tenía miedo de ser vieja. Inocente de mí. No imaginaba que el tramo se alarga, ni de qué modo esto resulta una fortuna. Era yo joven cuando tenía cincuenta. Como creeré que ahora soy joven, si llego a los ochenta. Y, si por suerte, como dice mi médico, me dan los noventa, habré sido una niña a los setenta y cinco.

Nunca me he querido morir. Ni cuando sentí que estaba muerta, ni cuando los amores bestias me derrotaban a los veinte, ni siquiera cuando un segundo fue tan bello que de haber sido el fin hubiera sido de oro.

Me gusta andar viva. Hay tanto que ver. Hasta con los ojos cerrados, hay todo que ver. No conozco el aburrimiento. Menos ahora que con picar una tecla llamo a la Sinfónica de Berlín. Por si fuera poco, tengo mala memoria cuando se trata de encontrar las llaves, pero exacta si le pido acudir al olor de una lumbre encendida hará seis décadas. La chimenea de nuestra casa tenía un tiro tan malo que la lidia de mi padre con los leños será siempre irrevocable. Y recordar entretiene como nada: la calle de casas blancas por cuyas puertas asomaban niños como conejos, por ahí de las seis de la tarde. Se iba acabando el día y antes de la merienda íbamos a comprar pan. Cuando uno recuerda, ¿está pensando? Porque entonces hago mal al responder «nada» si ando en la luna de hace veinte años y alguien pregunta «¿qué piensas?». No me aburro, con tararear ya estoy entretenida.

Me asusta más la muerte de los otros que la mía. Porque en la mía no voy a estar. Sin embargo, cuando cumplí cincuenta no creí que el temor a perderse pudiera ir aumentando. Y que a los sesenta y cinco fuera a perseguirme el monotema de la muerte como la obligación de acudir a un orden que desconozco: hay que hacer testamento. Me lo dicen y me lo digo, pero no lo hago. Mi amiga Concha ha puesto por escrito hasta para quién son sus discos, pero Carlos mi hermano dice que él ni muerto. Cada quien. Yo digo siempre que sí, pero nunca encuentro el momento. Será que no lo busco. Del mismo modo en que si no me duele algo no me reviso nada. Y si me duele el cuello, como ahora, indago un poco si no es aviso de parálisis y me sigo de frente con la esperanza de que se disuelva la piedra entre los hombros. Tengo mucho que hacer como para hacer lo que tengo que hacer. Me faltan varios libros. Ahora mismo creo que tres. Pero también me falta ir a Holbox y no veo para cuándo. Tengo que hacer un testamento, para que no suceda con la casa de Puebla lo que pasó con la casita, frente al lago, que mis abuelos dejaron en tantas manos que ahora ya no es de nadie. Quedarán veintitrés nietos que ya tienen hijos y nietos. La casita mide cien metros y de momento tiene ciento diez posibles herederos. Ni qué decir. Querían que fuera de todos. Lo lograron. Cada quien tiene la suya en la cabeza. Y es grande el hoyo de la memoria en que nos cabe. Yo ahí escribí el primer capítulo de *Arráncame la vida*. Fue durante un paréntesis que abrió mi hermana en la herencia para arreglar un poquito del tiradero. Luego, como era de todos, alguien opinó en contra y volvió a ser de nadie. Yo andaba con un embarazo de seis meses. No sabía que era un niño el que pateaba, pero era regio sentirlo. Con él dentro y Héctor alrededor conté el encuentro de Catalina Ascencio con la gitana.

Lo que pasa en la infancia se recuerda más si no es de todos los días. Por eso los domingos de buscar piedritas de mármol, camino a la presa, vuelven encendidos, chispeando como luces de bengala. Y se meten a los libros y a los sueños. Han pasado a mi herencia muchos que ya mostré, pero ahora veo una pequeña columna de piedra a la que nos subía mi abuelo. Veo la puerta de atrás, por la que se iba de la cocina a una banca en penumbra, bajo los árboles con flores.

Había una chimenea grande, en cuyo fuego asábamos malvaviscos. Y una mesa larga, como las de las fondas italianas en las que se sientan, al mismo tiempo, gentes de toda ralea.

Al final de las escaleras que subían al altillo había un barandal y sobre él un ancla. No cabe duda que lo fantasioso es de familia. Mi abuelo veía en el lago un mar. Y veía buques urgidos de ancla en los pequeños veleros que armaba su hermano. En la punta del techo había un gallito de acero que hacía de giroscopio entre las cuatro agujas en cruz que marcaban los puntos cardinales. Recordándolo me doy cuenta de que he de cerrar mi ventana al norte y volver al mes de hoy. Octubre.

Me gusta más ahora que tengo ojos y voz para contarlo, que mañana o pasado, cuando hayan puesto mis cenizas todavía no sé en dónde. Dice María Pía que si en el mar se las comerá un pez que ha de ser pescado y acabarán en la panza de quién sabe quién. Yo nunca he visto a un pez comiendo tierra, si acaso las cenizas se irán al fondo, a mezclarse con los pedazos de coral blanco. Y alguna vez, cuando alguien decida, como ya sucedió, llevar arena de Cozumel para recuperar las playas que los ciclones le habrán arrancado a Cancún por milésima ocasión, a la mejor una brizna de lo que fui se da un baño bajo el sol de mi primer Caribe. Una brizna sin memoria, que andará por ahí la mañana en que otra madre joven lleve a sus hijos a conocer el mar.

Si me ponen frente a los volcanes, entre los cactus, sobre la tierra de octubre, entre las flores moradas que retoñan antes de que empiece a crujir el invierno, me gusta pensar que un polvo de mis huesos andará por el aire, pegándose al chal que usará mi nieta para salir a caminar por el terreno en el que no habré construido un estudio que mira a los volcanes.

Dice mi hermana que las cenizas son minerales, así que con las cenizas enterradas no florearía el guayabo como lo hizo cuando pusieron ahí a los perros, cuyo cuerpo dormido no lleva caja ni nicho. Sólo resignación y nostalgia. Todo lo que hizo que aquel año hubiera diez veces más guayabas que otros. Las comimos a mordidas, en agua, en mermelada. Y los perros mandaron su regalo desde el cielo de tierra en el que sueñan.

Pero a la gente no la puede uno enterrar bajo el árbol más que ya convertida en polvo. Así que mejor rodar a ras del suelo, algo han de nutrir los minerales. Tal vez pétalos puedan ser mis cenizas. No se sabe. Pero ardiendo unos días de marzo, vueltas lodo en las mojadas tardes del verano mexicano, sí que podrán estar. ¿Qué más quiero para después de la muerte? ¿Qué otro cielo?

Tras el disgusto que han de llevarse nuestros hijos, porque no sé si ellos lo sepan, pero sí lastima ver que los padres se hacen polvo, les tocará decidir qué hacer con nosotros. Quizás también haya que poner eso en un testamento. Aunque no sé, ya bastante guerra damos vivos como para dejarles instrucciones. Que me pongan en un avispero, en un cuete a la luna, en un rincón. Donde quieran.

Como siempre ando pensando en estas necedades, hace años, en la plaza de San Marcos, una tarde que pintó de morado la catedral, le pedí a Catalina que llevara un poquito de mi polvo a Venecia. «Sí, claro», dijo. «Pero te voy a dejar en la maceta de un callejón. Ni creas que frente al Gran Canal.» Luego soltó esa alegría larga que es como una premisa de cascabeles. Malvada muchacha, me quitó las ganas de cruzar el mar. Se enojarían de oírme ahora: «Deja de decir tonterías», murmuraría Mateo. Él cree que nombrar convoca. Si así fuera, ya estaría hecho el testamento, porque cómo lo he nombrado sin hacerlo. Quince lustros. Voy a pensar que me quedan cinco. A ver si alcanzo a imaginar la eternidad.

65

Por mi rumbo ladra un perro chiquito. Y aúlla uno grande. Imagino que el chiquito va dichoso, peleando con alguna mosca o tratando de jugar con un niño. El grande está siempre encerrado. Hay dos. Uno en el patio de la vecina izquierda y otro en la azotea de la casa que está cruzando la calle. Me dan pena. ¿Por qué la gente tiene perros grandes en lugares pequeños? ¿Por qué los dejan solos? Siempre que estos aúllan, algo me duele a mí. Salgo a mi terraza y desde ahí les hablo. A veces consigo silenciarlos diciéndoles mentiras en voz baja. Entonces me entra una paz de alma que sólo me provoca la luna.

66

Sergio es el último de cinco hermanos. El mes pasado alcanzó las seis décadas, con un entusiasmo propio de las primeras dos. Cuando él nació, yo apenas había cumplido cinco años. Y hay una de esas películas, en blanco y negro, tomada con aquella cámara pequeña, tras de la cual aún evoco la curiosidad de mi padre, en la que me lo prestan, para pasarlo a su cuna. En medio de nosotros estaban Verónica, Carlos y Daniel. La señora Mastretta tuvo cinco hijos, en cinco años y, en esa película que ahora recuerdo, a los tres meses de parir ya tenía el cuerpo de una recién casada. Adivinar cómo le hacía. Algo de hechicera tuvo desde entonces.

Fuimos a la fiesta. Sergio nos convocó unos días antes diciendo que sólo estaríamos sus hermanos y muy pocos amigos. Así que la emprendimos rumbo a la montaña. Dicen que ahora los sesenta son los nuevos cuarenta. Yo no lo creo, pero lo repito para fortalecer mi espíritu y el suyo. Fuimos porque nos hubiera parecido imperdonable dejar al chiquito, en el campo, con su mujer, sus tres hijas y sus dos perros, esperándonos sin resultado. Dijo que sólo algunos amigos. ¿Qué tal si algo se les atravesaba?

«Mi ranchito», como llama Sergio al terreno que se ha ido comprando en unas de las tierras que durante muchos años taló la papelera San Rafael, está cercado por magueyes. Ya no hay tierra baldía, aunque ahora está en el descanso del invierno, porque Sergio, que trae en la sangre la reverencia por el campo, durante el año le siembra cosas.

A veces me regala unos frijoles chiquitos y tiernos, que aún saben a hierro y sol. Otras siembra brócolis y cuando los corta, lo que queda en las matas se puebla de mariposas blancas. No ha ganado un centavo con semejantes faenas, pero con ellas acompaña otra fantasía ligada al pasado: la de ser campesino como sus tatarabuelos.

Durante años lo hemos oído contar estas historias y las de las espinacas o el maíz, como quien oye hablar de un mundo remoto que no verá jamás. Su ranchito fue hasta hace poco una entelequia asociada a la ensoñación que le pasaba por los ojos al contarla. Un pedazo de mundo, abandonado, por el que pagó casi nada. Como no sea para contemplarlo, ese campo ha encontrado la compasión de muy pocos. Y de nadie se ha compadecido. Por eso se fue quedando solo, como imaginamos que solo estaría Sergio si no llegábamos.

Nos mandó un plano que Carlos y Daniel siguieron al pie de la letra. Yo me limité a ir de pasajera. Lo mismo que un personaje imprevisto, pero esencial. Ya para salir, nos compadecimos de la cola y los pasos de Nino, este perro que me considera su animal de compañía y que tras revivir de una manera rotunda no merecía quedarse en el Distrito Federal. Daniel lo subió a la camioneta y él se instaló con una sonrisa en las pestañas. Por ahí sonríen los perros y que lo diga quien lo sabe.

En la sala de espera del Centro Veterinario México, abundan conocedores. Estar ahí fortaleció mi certeza de que cerca de nosotros hay gente buena. Gente capaz de acompañar a sus animales mientras les vuelven a brillar los ojos. Pensándolo me puse el entusiasmo sobre los hombros, como quien se echa un rebozo en mitad de nuestro invierno con el que nunca se sabe: a veces, el sol del mediodía quema como la lumbre que nos urge cuando cae la tarde.

Viajar en coche con los hermanos siempre es una promesa. Cumplida, es festejo.

Carlos y Daniel no la han tenido fácil estos años. Pero como todo lo que va vuelve, pienso que ellos algo han de encontrar a cambio de su Mastretta-MXT.

No me gusta hablar mal del país, pero qué difícil, a veces imposible, resulta emprender sueños sin fincarlos en una fortuna previa. Los bancos les prestan a quienes pueden garantizar, con pertenencias, lo que pidan prestado. ¿Y cuántas pertenencias hay que tener para montar una fábrica que haga coches? Sin duda, con las nuestras, no alcanzó. Pero esa lamentación es de otro costal.

Al ranchito nos fuimos celebrando que el viaducto no pareciera una prisión, que la calzada Zaragoza se viera casi libre y que nadie hubiera cerrado la caseta de cobro. Pasados tales obstáculos, todo fue trepar a los cerros para luego ir bajando hasta un lugar desde el que la cabeza de la mujer dormida es, en sí misma, una montaña inescrutable.

Según el calendario Galván, el día en que yo nací la cintura de semejante dama se tragó a nueve alpinistas. No sé si será por eso que su figura me provoca una mezcla de pavor y reverencia. Caminamos a su vera por un acantilado, tras cruzar el caos visual de un pueblo cuyas casas abandonaron el adobe para entregarse sin recato a los blocs de cemento y los tinacos de plástico. Nada de esto se ha tragado la montaña que nació hace millones de años, cuyo cráter se apagó hace tanto tiempo que ya estaba dormido cuando apareció el Popocatépetl. «Guerrero humeante» quiere decir este nombre que creció en nuestros oídos al mismo tiempo que nosotros. Ahora está escondido. Hay nubes. Nos prometemos volver con luz para no desbarrancarnos por los veinte metros que caen a nuestros pies.

Sin trabajo encontramos el punto, en Google, y lo seguimos mientras Carlos nos cuenta el precio en la bolsa que semejante hallazgo ha alcanzado en diez años. Cosa de dar con alguien que invente un algoritmo y nos invite a su negocio en un garaje. Cosa tan lejana, como entusiasma la cabeza de Carlos. Daniel va atrás con su genio, su teléfono y Nino. Acucioso él, dormido el otro. El punto dice que hemos llegado.

Desde la reja vemos un toldo de colores y bajo él, no una mesa para nosotros y pocos amigos, sino muchas. Se nos hizo temprano. Imaginar que no iría nadie es no conocer la madera de que está hecho el personaje del cumpleaños. Nos dicen que los anfitriones fueron al pueblo a comprar flores. Como si no crecieran alcatraces a la orilla de su estero. Encontramos algunos amigos y un comal del que empezaron a brotar tortillas. No reconozco a nadie. Cada quien ha envejecido por su cuenta y estos compañeros de Sergio no sé quiénes son hasta que ellos van diciendo sus nombres, para recordarme que dejé de verlos cuando yo tenía doce años y ellos siete. A los doce, yo empecé a cantar «Agujetas de color de rosa» y a mirar a los grandes. Tampoco a aquellas caras podría ponerles nombre a estas alturas.

Al ratito llegó Verónica, manejando su camioneta por las veredas, como si no hubiera chocado dos veces hace poco. Ella es un roble, lo dijo desde tercero de primaria, subida en una silla, pegándose en el pecho, cuando la directora del colegio irrumpió en el salón para regañarla.

Llegó el del cumpleaños con su mujer, el pozole y sus niñas. Llegaron, durante las siguientes dos horas muchos «pocos amigos». Éramos como cien. Bajo el volcán, abrigados unos en otros, todos en la memoria, menos las niñas que hicieron tres discursos como ensalmos. Ana dijo que había soñado esa fiesta y que soñó también cuando ahí dijo un discurso que ya sabíamos porque estuvimos en el sueño. Alicia que su amor por su papá es del tamaño del universo y que, como el universo, está en expansión. Paulina es tímida, pero acertada. Cuando habló invocó a su papá hablando del nuestro. Su abuelo murió a los cincuenta y ocho. Sergio tenía catorce y ha pasado la vida lamentándolo. «Yo quiero hacer muchas cosas, y que tú vivas para verlas», dijo. Brindamos contra el sol bajando sobre el agua, mientras tocaba la tambora del pueblo. Un grupo de campesinos, bajo la dirección del nevero, cuyo tema primordial es «La del moño colorado».

El perro andaba corriendo. El cielo se puso azul de tan claro. Una alegría de muchos desafió a quienes creen que todo está perdido. Hay patria más allá de lo que oímos casi todos los días. Hay inocencia, fervor y gente buena. Volví feliz.

67

«Se está muriendo mucha gente que antes no se moría», dice el más sabio de mis maestros. Su voz se oye como un acertijo que al desenredarse aclara el aire por el que cruza.

Durante mi primera infancia murieron mis abuelos paternos, pero yo no me di cuenta. Luego la única muerte de esos años fue la del papa Pío XII. Recuerdo que nos pusieron un listón negro en el uniforme del colegio, pero la vida siguió idéntica. Esa mañana jugamos a brincar la cuerda y en la tarde hicimos la tarea y comimos una nieve de limón. Se había muerto ese señor retratado de perfil en las bendiciones que algún pariente traía de Italia. Mi mamá tenía una enmarcada en la que no sé cuántas indulgencias se le concedían a la familia Mastretta Guzmán. Pensamos en él los minutos que dura un padrenuestro muy forzado y no nos importó más.

En la adolescencia y la juventud, la muerte fue, para mí, por primera vez, un espanto. No quiero contar lo que me hizo entonces. Lo que ando buscando son las palabras para contar lo que me hace ahora. En estos años en los que llueve ya sobre mojado. Ahora en que la muerte aparece a cada rato y siempre, de todos modos, nos asombra y ensombrece. ¿Será que entre más se repite, más inaudita nos parece?

Me pregunto si será la frecuencia de la muerte la que nos va volviendo distraídos con la edad. Uno va perdiendo a sus amores y con ellos va perdiendo la cuenta de sus olvidos. Estoy en el comedor, subo a mi estudio, me detengo frente al librero, me quedo mirando un entrepaño y otro. ¿Qué estoy buscando? ¿A qué vine aquí?

Estoy oyendo a Bach. La memoria auditiva la tengo perfecta. Oigo un acorde y sé con toda precisión cuál sigue. Debe ser que la música no tiene nada que ver con la muerte.

68

Afuera cae una tormenta con relámpagos y truenos.
Los perros están temblando bajo mi silla.

«¿Qué cantaremos?», les pregunto.